그림으로 보는
재앙의 역사

# 저주받은
# 미술관

나카노 교코 저 / 이희재 역

YoungJin.com Y.
영진닷컴

그림으로 보는 재앙의 역사

# 저주받은 미술관

SAIYAKU NO KAIGASHI EKIBYO, TENSAI, SENSO written by Kyoko Nakano
Copyright © 2022 by Kyoko Nakano
All rights reserved.
Originally published in Japan by Nikkei Business Publications, Inc.

Korean translation rights arranged with Nikkei Business Publications, Inc. through Japan Creative Agency and Lee & Lee Foreign Rights Agency.

이 책은 리앤리 에이전시(Lee & Lee Foreign Rights Agency)를 통한 저작권자와의 독점계약으로 도서출판 영진닷컴에서 출간되었습니다. 저작권법에 의해 한국 내에서 보호를 받는 저작물이므로 무단전재와 복제를 금합니다.

ISBN : 978-89-314-7441-1

**독자님의 의견을 받습니다.**
이 책을 구입한 독자님은 영진닷컴의 가장 중요한 비평가이자 조언가입니다. 저희 책의 장점과 문제점이 무엇인지, 어떤 책이 출판되기를 바라는지, 책을 더욱 알차게 꾸밀 수 있는 아이디어가 있으면 팩스나 이메일, 또는 우편으로 연락주시기 바랍니다. 의견을 주실 때에는 책 제목 및 독자님의 성함과 연락처(전화번호나 이메일)를 꼭 남겨 주시기 바랍니다. 독자님의 의견에 대해 바로 답변을 드리고, 또 독자님의 의견을 다음 책에 충분히 반영하도록 늘 노력하겠습니다.

파본이나 잘못된 도서는 구입처에서 교환 및 환불해드립니다.

이메일 : support@youngjin.com
주　소 : (우)08507 서울특별시 금천구 가산디지털1로 128 STX-V타워 4층 401호
등　록 : 2007. 4. 27. 제16-4189호

**STAFF**
**저자** 나카노 교코 | **번역** 이희재 | **총괄** 김태경 | **기획** 윤지선 | **디자인 · 편집** 김소연
**영업** 박준용, 임용수, 김도현, 이윤철 | **마케팅** 이승희, 김근주, 조민영, 김민지, 김도연, 김진희, 이현아
**제작** 황장협 | **인쇄** 예림인쇄

# 차례

서장 ✤ 재앙을 부르는 신들의 기행

　페테르 니콜라이 아르보, 〈오딘의 와일드 헌트〉 … 010

　프란츠 폰 슈투크, 〈와일드 헌트〉(1899) … 017

　프란츠 폰 슈투크, 〈와일드 헌트〉(1889) … 019


1장 ✤ 대홍수와 방주

　- 구약성서시대

　미켈란젤로, 〈대홍수: 시스티나 성당 천장화〉 … 022

　존 에버렛 밀레이, 〈방주로 돌아온 비둘기〉 … 031


2장 ✤ 고대의 전쟁

　- 회화에 담은 소원

　자크 루이 다비드, 〈테르모필레 전투의 레오니다스〉 … 034

　알브레히트 알트도르퍼, 〈알렉산더대왕의 전투〉 … 041


3장 ✤ 고대의 천재지변

　- 신의 노여움과 흔적도 없이 사라진 마을

　존 마틴, 〈소돔과 고모라〉 … 046

　귀스타브 모로, 〈소돔의 천사〉 … 051

　카를 파블로비치 브륄로프, 〈폼페이 최후의 날〉 … 055

4장 ♣ **중세의 역병**

　- 팬데믹과 '죽음의 무도'

　피터 브뤼헐, 〈죽음의 승리〉 ··· 060

　한스 홀바인, '수도원장' ··· 067

　카를로 크리벨리, 〈성(聖) 로쿠스〉 ··· 070


5장 ♣ **30년 전쟁**

　- 최대·최후의 종교전쟁

　요한 빌헬름 칼 발봄, 〈뤼첸 전투〉 ··· 072

　카를 본 필로티, 〈발렌슈타인의 암살〉 ··· 079

　자크 칼로, 〈전쟁의 참화〉 중 '교수형' ··· 082


6장 ♣ **대화재와 회화, 서양인이 그린 '에도의 꽃'**

　피에로 디 코시모, 〈숲속의 화재〉 ··· 086

　작자미상, 〈런던 대화재〉 ··· 092

　아르놀뒤스 몬타누스, 『동인도회사견일사절기행』 중 〈메이레키 대화재〉 ··· 095


7장 ♣ **파도처럼 반복되는 페스트의 공격**

　미셸 세르, 〈마르세유 페스트〉 ··· 100

　프란체스코 티로니, 〈검문도(檢問島) 라자레토 누오보〉 ··· 104

　안토니오 카날레토, 〈베네치아에 도착한 프랑스 대사의 환영〉 ··· 107


8장 ♣ **매독의 맹위, 역병이 비추는 사회의 어둠**

　윌리엄 호가스, 〈진 거리〉 ··· 112

　알브레히트 뒤러, 〈매독을 앓고 있는 남자〉 ··· 116

　렘브란트 반 레인, 〈제라르 데 레레스의 초상〉 ··· 119

9장 ✥ **전쟁의 알레고리**

- 우의화

바실리 베레샤긴, 〈전쟁예찬〉 ··· 126

페테르 파울 루벤스, 〈평화와 전쟁〉 ··· 130

페테르 파울 루벤스, 〈전쟁의 공포〉 ··· 133


10장 ✥ **천연두의 공포와 백신 소동**

어니스트 보드, 〈1796년 5월 14일, 8세 소년 제임스 핍스에게

첫 백신 주사를 놓는 에드워드 제너〉 ··· 138

이아생트 리고, 〈루이 15세의 초상〉 ··· 143

제임스 길레, 〈우두 접종의 놀라운 효과〉 ··· 148


11장 ✥ **홍수, 그리고 명화의 기구한 운명**

폴 들라로슈, 〈제인 그레이의 처형〉 ··· 150

콘스탄틴 플라비츠스키, 〈타라카노바 황녀〉 ··· 153

알프레드 시슬레, 〈홍수가 난 마를리 항의 작은 배〉 ··· 157


12장 ✥ **나폴레옹이라는 재앙**

장 레옹 제롬, 〈스핑크스 앞의 보나파르트〉 ··· 162

앙투안 장 그로, 〈자파의 페스트 격리소를 방문한

나폴레옹 보나파르트〉 ··· 167

프란시스코 고야, 〈마드리드, 1808년 5월 3일〉 ··· 170

니콜라 투생 샤를레, 〈러시아에서의 철수〉 ··· 173

13장 ✤ 콜레라의 참화
- 죽음을 불러오는 신의 사자

쥘 엘리 들로네, 〈로마의 페스트〉 … 176
앙투안 비르츠, 〈생매장〉 … 179
아르놀트 뵈클린, 〈페스트〉 … 186

14장 ✤ 아일랜드의 감자 기근

대니얼 맥도널드, 〈아일랜드의 소작농 일가,
병들어 말라버린 저장품 발견〉 … 190
제임스 마호니, 〈카헤라의 소년과 소녀〉 … 196
포드 매덕스 브라운, 〈영국에서의 마지막 날〉 … 199

15장 ✤ 결핵 로맨티시즘과 현실

에드바르트 뭉크, 〈병든 아이〉 … 202
펠릭스 조제프 바리아스, 〈쇼팽의 죽음〉 … 209
윌리엄 파웰 프리스, 〈도로 청소부〉 … 213

16장 ✤ 제1차 세계대전과 스페인 독감

존 싱어 사전트, 〈가스〉 … 216
찰스 심스, 〈클리오와 아이들〉 … 223
에곤 실레, 〈가족〉 … 225

참고자료 … 229

**일러두기**

- 이 책에 사용된 그림의 정보는 작가 정보, 작품명, 재료, 작품 크기, 제작 연도, 소장처 순으로 표기했으며, 소장처 설명을 우선적으로 적용했다.
- 도서 내 포함된 한국 관련 정보는 편집자가 작성하고 원 저작권사의 허가를 얻어 추가한 내용이다.
- 참고자료는 본문 뒤에 실었다.

# 서장

## 재앙을 부르는
## 신들의 기행

팬데믹, 기아, 천재지변, 전쟁……,
예로부터 인류는 재앙과 싸워 왔다.
그리고 화가는 이 재앙을 오랫동안 계속 그려 왔다.
사람들은 재앙을 마주하여 어떻게 행동했고,
어떻게 패배하였으며, 어떻게 극복했는가?
모든 예술이 그러하듯이, 미술에서도 인간의 본질을
파악하려는 진지한 시도를 발견할 수 있다.

**페테르 니콜라이 아르보** Peter Nicolai Arbo, 1831-1892

〈오딘의 와일드 헌트〉, 1872년, 캔버스에 유채, 240.5×166cm, 오슬로 국립미술관

# 질병, 천재지변, 공황을 불러오는
# 폭풍의 밤 수렵단

대재앙의 전조는 과연 있는 것인가?

– 북유럽 신화는 "있다"고 고한다.

그것은 늦은 가을부터 봄에 걸친 폭풍의 밤, 천공을 질주하는 '와일드 헌트', 즉 오딘(=보탄)의 수렵단으로 나타난다고 한다. 무시무시한 포효, 우렁찬 외침, 비명, 귀곡성, 신음, 폭풍이 귀청을 찢고 공기를 가르며, 8개의 다리를 가진 괴마(怪馬)에 탄 오딘이 부하와 함께 늑대나 사냥개, 까마귀, 마물과 요괴, 비명횡사한 자들을 거느리고 하늘을 건너온다. 이 와일드 헌트는 역병, 천재지변, 대공황, 전쟁이라는 재앙과 언제나 함께한다. 물론 이를 본 사람은 목숨을 잃고 망령이 되어 그들과 함께 행동해야만 한다.

고대 게르만 사람들이 대자연에 품은 경외와 공포에서 탄생한 오딘은 자신의 한쪽 눈을 지혜와 맞바꾼 최고신이다. 전쟁과 사냥과 바람의 신, 마술과 죽음의 신이기도 하다. 이 사나운 신은 북유럽의 몹시 추운 계절, 그것도 한밤중에 하늘 위에서 용맹스러운 무리를 이끌고 수렵을 자행한다. 무엇을 사냥하는지에 대해서는 다양한 이야기가 있다. 죄인이나 떠도는 영혼, 혹은 신에게 경의를 표하지 않는 지상의 존재들…….

대부분의 사람들이 집에 틀어박혀 있는 금기의 시간에 밖으로 나와서 굳이 밤하늘을 올려다본 사람은 도대체 무엇에 이끌린 것일까? 다음날, 그의 시체를 발견한 사람들은 "와일드 헌트를 본 것이다", "영혼은 다른 곳으로 끌려갔다", "곧 재앙이 닥칠 것이다"라며 두려움에 떨었을 것이다.


## 최고신 오딘이 없는
## '와일드 헌트'의 수수께끼

19세기 노르웨이의 화가 페테르 니콜라이 아르보(Peter Nicolai Arbo, 1831-1892)는 1872년, 대작 〈오딘의 와일드 헌트〉를 그렸다.

앞서 본 대로, 이것은 수렵단이라기보다 대군단이다. 철투구를 쓴 수많은 병사들이 구름을 뚫고 달리며, 망망한 광야를 휘몰아치는 바람에도 지지 않고 우렁차게 소리친다. 괴마는 극도로 흥분해 울부짖고, 새까만 새들도 쉰 소리로 서로 울어댄다. 지상은 마치 전쟁터 같다. 잎사귀 하나 없는 나무들이 휘어 있고, 울퉁불퉁한 바위 사이에는 무구(武具)나 뼈 같은 것이 굴러다니고 있다. 그러나 그 형태는 분명치 않고, 하늘 위와 다름없이 지상도 이 세상이라고는 생각할 수 없다.

그림에서 가장 눈에 띄는 것은 화면 중앙, 긴 창을 빈쩍 들어 올린 늠름한 반라의 여성이다. 길게 기른 금발을 마구 흐트린 채 왼팔에 뱀을 둘러 감고 있다. 그 오른편에도 화살을 쏘는 여성이 있다. 이들은 발키리('전사자를 옮기는 자'라는 뜻)다. 오딘의 명을 받아 전장을 날아다니며 전사한 영웅을 발할라, 천계에 있는 오딘의 궁전으로 옮긴다.

오페라 팬이 아닐지라도 발키리라는 이름은 알 것이다. 베트남전쟁을 다룬 〈지옥의 묵시록〉(F. F. 코폴라 감독, 1979년 미국 영화)에서는 베그너의 악곡 〈발키리의 기행〉을 사용하여, 전쟁으로 인해 미쳐버린 남자들의 이상한 행동을 더욱 부채질하는 듯한 효과를 냈다.

한편 그림 오른편에도 두 명의 나체 여성이 있다. 그들은 사냥의 전리품으로 보인다. 한 명은 축 늘어진 채 말에 실렸고, 다른 한 명은 머리채를 붙잡혀 난폭하게 끌어 올려지고 있다. 와일드 헌터의 야수적 성격을 보여주는 장면이기도 하다.

화면 중경의 중앙에 있는 왕관을 쓴 대머리 남자가 오딘의 아들이자 뇌신(雷神), 북구신화 최고의 스타인 토르라는 것은 두 가지 속성(인물을 특정하는 특징)을 통해 알 수 있다. 하나는 오른손에 쥔 망치다. 몰니르라고 불리는 그 망치는 목표한 적을 반드시 쓰러뜨리고, 어디에 던져도 부메랑처럼 반드시 손에 돌아온다. 다른 하나는 그가 타고 있는, 두 마리의 검은 숫염소가 끄는 2인용 전차(chariot)다.

그렇다면 가장 중요한 오딘은 어디에 있을까?

와일드 헌트는 최고신 오딘이 이끄는 것이므로 보통은 선두에 있으리라 생각할 것이다. 선두에는 말 세 마리(흰색과 검은색)가 나란히 달리고 있는데, 화가는 검은 말에 탄 백발의 남자를 돋보이게 하였다. 서슬 퍼런 안광에 크게 입을 벌려 호령하는 모습이다. 그가 바로 이 그림의 주인공이다. 그러나 그는 오딘의 속성인 긴 창을 가지고 있지 않고, 외눈박이가 아니며, 어깨에 까마귀를 올려두지도 않았다. 따라서 오딘이라고 볼 수 없고, 오히려 뿔이 달린 모자를 쓰고 체인메일(Chain mail, 금속 사슬로 엮은 갑옷)을 몸에 걸치고 있는 것으로 보아 분명 바이킹이다.

사실 이 그림에 오딘은 없다. 재미있게도 시대의 흐름이나 나라에 따라서, 와일드 헌트의 주도자는 토르, 아서왕, 프랜시스 드레이크♣, 마녀 등 다채롭게 나타났다. 본 작품의 경우 노르웨이의 영웅 시구르드왕으로 전해진다. 즉 노르만인이다. 그리고 노르웨이를 건국한 것도, 당연히 노르만인. 화가는 그 사실을 재앙을 전조하는 이 신화화(神話畵)에 반영시킨 것이다.

---

♣ **【역주】** 프랜시스 드레이크(Sir Francis Drake)는 16세기 잉글랜드 왕국의 해군이자 해적이다. 해적으로 활동할 당시, 자신의 배를 공격한 스페인 해군에게 앙심을 품고 스페인령 도시와 선박을 약탈하여 잉글랜드 왕실에 바쳤다. 이 때문에 스페인에서는 공포와 두려움의 대상으로, 잉글랜드에서는 든든하고 충직한 신하로 인식되는 존재였다.

아르보가 이 그림에 담아낸 것은 고국 노르웨이의 독립에 대한 염원이 아니었을까? 당시 노르웨이는 스웨덴-노르웨이 연합 왕국 시대를 지나고 있었다. 연합이라고는 하나 강국 스웨덴 아래에서 노르웨이인의 불만이 격화되고 있었고 —스웨덴이 "독립하려면 전쟁뿐"이라며 위협하고 있었음에도 불구하고— 독립운동은 조용히 계속되고 있었다. 아르보는 선두를 달리는 바이킹의 바로 옆에 나팔을 부는 병사를 배치하였다. 매끈하게 뻗은 긴 나팔은 명성과 승리의 상징이다.

노르웨이 독립은 1905년. 아르보가 죽고 13년 후의 일이었다.


## 19세기 말의 불안감과
## 세계적 파란의 징조


오딘의 사냥을 테마로 한 작품은 매우 많다. 또 다른 작품을 살펴보자. 독일인 화가 프란츠 폰 슈투크(Franz von Stuck, 1863-1928)는 1899년, 한 세기의 마지막 해에 〈와일드 헌트〉를 그렸다.

감상자 쪽을 똑바로 바라보면서 다가오는 구도로, 소형 작품임에도 보는 사람을 압도하는 박력이 있다.

프란츠 폰 슈투크(Franz von Stuck, 1863–1928),
〈와일드 헌트〉, 1899년, 캔버스에 유채, 95×67cm, 오르세 미술관

이마가 홀딱 벗겨진 이 노인이 오딘인지는 확실하지 않다(들고 있는 것은 창이 아니라 지팡이에 가깝고, 외눈박이도 아닌 듯하다). 그가 타고 있는 말은 눈이 없는 건지 잠시 착각하게 만드는 데다, 입이 기거◆의 에일리언과 닮아서인지 묘하게 무서워서 정말로 괴마 그 자체다.

그림 오른쪽 아래에 몸을 비틀며 소리치는 자는 뱀 머리카락을 가진 메두사다. 그 외에도 정체를 알 수 없는 자들이 드글거린다. 노인의 등 뒤에는 나체의 여성이 있다. 슈투크는 에로틱한 누드화로 얻은 명성을 증명하듯 아르보보다 생생하고 선정적으로 표현했다.

이 작품보다 10년 전, 슈투크는 같은 제목인 데다가 동일하게 감상자를 향하여 사냥꾼들이 돌진해 오는 작품을 발표했었다. 그러나 그들과의 거리는 아직 멀어서 도망칠 수도 있을 것 같았다. 때문에 앞 작품의 줄어든 거리감은 절체절명의 위협을 느끼게 한다.

세기말의 불안감이 이 그림을 그려낸 것일까, 아니면 이 그림 자체가 재앙의 징조였던 것일까?

본 작품이 발표되기 1년 전, 합스부르크 가문의 엘리자베트 황후가 스위스에서 아나키스트의 칼에 찔려 살해당하였다.

---

◆ 【역주】스위스의 초현실주의 화가인 H. R. 기거(H. R. Giger, 1940-2014)를 가리킨다. 기거는 기괴하고 그로테스크한 그림으로 유명하며, 리들리 스콧 감독의 영화 〈에이리언 1〉에 등장하는 괴물의 디자인을 담당하기도 했다.

프란츠 폰 슈투크(Franz von Stuck, 1863-1928),
〈와일드 헌트〉, 1889년, 53×84cm, 렌바흐하우스 미술관

범인은 '왕족이라면 누구든지 상관없었다'고 웃으며 큰소리쳤다. 사회주의
가 대두되기 시작하는 때였다. 전 세계가 불온에 휩싸이고, 여기저기서 나
라 간의 전쟁이 일어났다. 이러한 일련의 상황들이 제1차 세계대전으로 불
붙은 것은 머지않은 일이었다.

예로부터 인류는 재앙과 싸워 오면서 지금에 이르렀다. 팬데믹, 기아, 천재
지변, 전쟁…. 싸움은 끝이 없다. 그리고 화가는 그것을 오래도록 계속 그
려 왔다. 기록으로서, 영감의 원천으로서, 일종의 미(美)로서, 호기심에 사
로잡혀서, 아니면 숙명에 대한 분노 또는 체념으로서, 현재를 과거와 비교
하면서 그림을 그려 왔고 지금도 계속 그리고 있다.

모든 그림들에는 사람들이 세상에 대하여 어떻게 행동하고, 어떻게 패배하였으며, 혹은 어떻게 극복했는지가 다채로운 표현으로 제시되어 있고, 모든 예술이 그렇듯이 인간의 본질을 파악하고자 하는 진지한 시도가 발견된다.

뭉크는 역병으로 죽어가는 자가 살아남은 자에게 보여준 넘치는 사랑을, 밀레이는 자연재해로부터 다시 일어서려고 하는 젊은이의 강인함을, 콜비츠는 희생자의 주체할 수 없는 슬픔을, 고야와 피카소는 분노로 가득 찬 인간의 만행을, 제각기 캔버스에 빼곡하게 칠하고 세차게 붓질했다. 이와 같은 명화의 가지각색을 살펴보고자 한다.

# 1장

---

# 대홍수와 방주

### 구약성서시대

인류의 악덕이 팽배하자 신의 분노가 내려져
홍수로 멸망하였다 —
구약성서에 등장하는 '노아의 방주' 전설은
다양한 작품을 만들어냈다.
인류의 멸망과 재시작의 이야기 가운데 예술가들은
어떤 장면을 오려내고 어떻게 표현하였을까?

**미켈란젤로** Michelangelo Buonarroti, 1475-1564

〈대홍수〉, 1508~1512년, 프레스코, 250×570cm, 시스티나 성당

# '대홍수'를 담아 낸
# 미켈란젤로의 천장화

가톨릭의 총본산 바티칸이라 하면 흔히 15세기에 건축된 시스티나 대성당을 떠올린다. 시스티나 대성당은 미켈란젤로(Michelangelo Buonarroti, 1475–1564)의 천장화로도 아주 유명하다.

높이 20m, 가로 13m, 세로 40m의 아치형 천장은 약 1,000㎡에 이른다. 미켈란젤로는 초기에 잠깐 조수를 두었을 뿐, 이후에는 거의 혼자 힘으로 4년에 걸쳐 이 거대한 화폭을 다 채웠다. 요소 요소마다 예수의 선조나 예언자, 무녀들을 배치하고 중앙은 9개로 분할하여 '창세기'의 아홉 장면을 그렸다. 〈빛과 어둠의 분리〉로 시작해서 유명한 〈아담의 창조(천지창조)〉(영화 〈E. T.〉에서도 오마주한, 신의 손가락과 아담의 손가락이 금방이라도 닿을 것 같은 아름다운 장면)을 거쳐 〈술 취한 노아(노아의 만취)〉까지 이야기가 이어진다.

마지막에서 두 번째가 〈대홍수(노아의 방주)〉 장면으로, 악덕이 팽배하여 신의 분노를 사 멸망을 면치 못하게 된 인류를 그렸다. 한 번 살펴보도록 하자.

멸망을 목전에 둔 순간치고, 어쩐지 무덤덤한 인상을 받지 않았나?

그것도 당연한 게, 이 작품은 프레스코화다. 프레스코란 우선 벽면에 회반죽으로 밑칠하고 그것이 다 마르기 전에 안료로 그리는 기법으로, 스피드가 필요할 뿐 아니라 수정도 할 수 없다(마른 회반죽에 안료를 올리면 시간이 흐를수록 칠한 부분이 열화(劣化)되어 부스스 벗겨지고 떨어져 버린다).

그 때문에 캔버스에처럼 색을 겹쳐 칠하거나 물감을 번지게 하여 미세한 음영을 주기 어렵고, 인쇄 매체에 실린 그림만으로는 그리 대단치 않아 보인다. 그러나 실물을 감상하는 장소를 떠올려보기 바란다. 아파트 6층이나 7층 정도의 높이가 시원하게 뚫린 천장에 그려져 있는 것이다. 올려다보면 머리가 아파질 정도의 높이에서는 정교한 세공보다도 거대하고 선명한 색이 빛을 발한다. 본 작품은 이러한 상상력을 발휘하여 감상해야 한다.


## 죽음의 경계에서
## 서로 돕는 사람들

하늘은 짙은 구름에, 땅은 미증유의 홍수에 휩싸인다. 거센 바람이 휘몰아치고 수목이 휘어진다. 몸을 감싼 천은 돛처럼 부풀어 오른다. 사람들은 봇짐을 들고 허둥지둥 도망치려 한다. 이제 육지는 아주 조금밖에 보이지 않고 그조차 곧 물속에 잠길 것이다.

사람들의 무리는 4개의 그룹으로 나뉜다. 화면 왼쪽에는 언덕(옛날에는 산 정상이었을)에 도달한 사람들이 있다. 식량을 넣은 자루나 가재도구를 들거나 아내를 업은 채 물에서 올라온다. 왼쪽 끝, 지대가 높은 곳에 힘센 당나귀도 보인다. 그 옆에서 아이가 울고 있다. 엄마가 거의 죽어가고 있기 때문일까?

나무에 기어오르려고 하는 젊은이도 있다. 자기 목숨만 부시하기 위해 어린아이들을 데려온 어머니나 부상자 등을 돌보지 않는 추악한 인간을 상징한다는 설도 있지만, 높은 곳에 올라가서 가까이에 육지가 더 없는지 찾아보려는 것일지도 모른다. 왜냐하면 간신히 모인 듯한 이 그룹은 부모와 자식 간의 정, 부부간의 정이 느껴지는 행동만 보여주기 때문이다. 반골 기질이 있었던 미켈란젤로가 "신벌(神罰)이 과연 절대적으로 옳은 것인가?"라는 의문을 (은밀하게) 던졌을 가능성이 있다.

화면 오른쪽의 바위산에서 천막을 펼치고 바짝 달라붙어 있는 자들도 신에게 벌을 받아 마땅한 죄인이라고는 생각되지 않는다. 지쳐서 축 늘어진 젊은이를 안아 들어 옮기는 남자, 그것을 돕기 위해 팔을 내미는 노인과 여자가 있다. 오른쪽 끝에서 납작 엎드려 해안 아래를 엿보는 붉은 옷을 입은 사람은 어쩐지 이쪽으로 헤엄쳐 오려는 자들을 독려하고 있는 듯하다. 삶과 죽음의 경계에서도 서로 돕는 인간의 숭고함이 엿보인다.

화면 중앙의 격렬하게 흔들리는 배에는 아쿠타가와 류노스케(芥川龍之介)의 『거미줄』의 칸다타✦같은 남자들이 등장하고 있다. 그들은 필사적으로 올라타려는 사람을 몽둥이로 위협하는가 하면, 물속에 밀어 떨어뜨리려고까지 하고 있다. 다른 탑승자들도 어느 누구 한 명, 헤엄쳐 오는 자를 도우려고는 하지 않는다. 불화로 가득한 조각배는 금방이라도 뒤집힐 기세다.

---

✦ 【역주】일본 설화에 따르면 칸다타는 평생 나쁜 짓을 일삼은 인물로, 그의 유일한 선행은 길가의 거미가 불쌍하여 그냥 살려준 일뿐이었다. 그는 죽고 나서 지옥에 떨어졌는데 생전에 거미를 살려주었던 일을 알게 된 부처가 그 보답으로 칸다타에게 거미줄을 내려주었다. 칸다타는 거미줄을 붙잡고 극락으로 올라가면서 다른 사람들이 올라오지 못하도록 거미줄을 마구 흔들었다. 그의 이기적인 행동이 또 다른 업보가 되어 결국 거미줄은 끊어졌고 칸다타는 다시 지옥에 떨어졌다고 한다. 이 설화를 소설화한 작품이 아쿠타가와 류노스케(芥川龍之介)의 단편소설 『거미줄』이다.

이처럼 재앙에 직면한 인간들의 다양한 움직임이 그려지면서 화면 후경에 '노아의 방주'가 배치된다(가장 위쪽에 검은 까마귀와 하얀 비둘기도 보인다). 배라기보다는 뗏목 위에 실린 집의 모습인데, 중세에는 이러한 묘사가 자주 등장했고 방주는 교회의 은유가 되었다. 미켈란젤로는 그것을 답습한 듯하다.

## <노아의 방주>는 대홍수의 기억을 반영하고 있다?

호우로 인하여 일어나는 홍수—해양민족은 바닷물, 대륙민족은 큰 강이나 호수, 늪의 범람—에 대한 공포는 신화나 전설의 형태로 세계 각지에서 구전되고 있다(일본의 '우미사치히코(海幸彦)와 야마사치히코(山幸彦)'✦ 신화도 그중 하나).

---

✦ 【역주】우미사치히코(海幸彦)와 야마사치히코(山幸彦)는 일본 건국신화에 등장하는 신이다. 신화의 내용은 다음과 같다. 형인 우미사치히코는 매일 바다에서 낚시하는 어부였고, 동생인 야마사치히코는 매일 산에서 활을 쏘는 사냥꾼이었다. 어느 날 야마사치히코는 형의 낚싯바늘을 잃어버렸고, 바다의 신과 그의 딸 도요타마히메(豊玉姫)의 도움을 받아 되찾게 되었다. 바다의 신은 곧 형제가 논농사를 짓게 될 것이니 야마사치히코의 논에만 물을 대주겠다고 약속했다. 또한 만약 형이 화를 내면 바닷물 차는 구슬을, 사과하면 바닷물 빠지는 구슬을 쓰라고 조언한다. 그의 말대로 형제끼리 논농사를 짓기 시작했고, 물을 공급받지 못한 우미사치히코는 야마사치히코에게 앙심을 품고 공격하였다. 야마사치히코가 바닷물 차는 구슬을 사용하자 곧바로 홍수가 일어났다. 이에 형이 사과하여 야마사치히코는 바닷물 빠지는 구슬을 사용해 홍수를 해결하였고, 둘은 진정으로 사이좋은 형제가 되었다고 한다.

노아의 방주는 앞서 설명하였듯이 『구약성서』속의 '창세기'에 기재된 이야기로, 길가메시 서사시에서 영향을 받았다는 지적도 있다. '창세기'가 지금의 형태로 편찬된 것은 기원전 550년 전후로 추정되는데, 개별 문서 중에서 가장 오래된 것은 기원전 1,000년경이라고 한다.

그것이 사실이라면, 또한 인류가 멸망할 정도로 큰 홍수에 대한 오래된 기억이 노아의 방주에 반영된 것이라면, 이 재앙은 기원전 1,000년보다 이전의 일이 되는 셈이다. 홍수를 신화가 아니라 실제라고 믿는 조사팀이나 탐사대가 아직도 방주의 착지점을 찾고 있고, 때로는 이것이야말로 방주의 잔해라며 '증거'를 계속 제시하기도 한다. 단지 존재만으로도 낭만을 자극하는 방주 이야기는 다음과 같다.

아담의 자손이 많아지면서 점차 타락하였고, 신앙심을 잃었으며, 극한의 악행까지 저지르게 되자 신은 이들을 다른 동물과 함께 없애버리기로 하였다. 다만 아담과 이브의 직계 5대손으로 무려 600세(!)였던 노아만은 올바른 마음을 가지고 있었기에, 그와 가족(아이들과 손자들)은 구해주기로 하였다.

신은 노아에게 "삼나무로 3층 형식의 방주를 만들어라. 길이는 300큐빗(약 135m), 폭은 50큐빗(약 23m), 높이 30큐빗(약 14m)으로 하고 다락방을 달아라"라고 명하였다.

이러한 방주의 형태는 관(棺)을 연상시키지 않을 수 없었다. 실제로 로마의 카타콤에 있는 가장 초기의 성당화에는 관처럼 생긴 방주가 그려져 있다. 또한 'Noah's Ark'의 Ark라는 단어는 히브리어로 '상자(箱)' 외에 '관'이라는 의미도 있다.

다시 본론으로 돌아오자.

신은 계속하여 "그 방주에는 지상의 모든 동물과 새들을 각각 암수 한 쌍씩 태워라"라고 일렀다.

노아가 아들, 손자들과 배를 만드는 데 착수하니 사람들은 몹시 비웃었다. 그러나 배를 완성하여 동물들을 모두 태우자 호우가 시작되었다. 순식간에 수위가 높아졌고, 배가 떠오르자 사람들은 제발 태워달라며 몰려들었지만 입구는 꽉 닫혀 있었다. 비는 40일 동안 밤낮없이 계속 내려 지상의 모든 것을 덮었고 생명체는 멸절했다.

이후로 150일이 지났다. 수위는 낮아졌고 아라라트산 정상에 방주가 멈추었다. 노아는 큰 까마귀를 하늘에 날렸지만 돌아오지 않았다. 이어서 비둘기를 날려 보내자 올리브나무 잎사귀를 물고 돌아왔다. 식물이 되살아났다는 증거였다. 7일 후 다시 한번 비둘기를 날리자, 이번에는 되돌아오지 않았다. 산과 들도 되살아난 것이다.

노아는 차례로 동물들을 밖에 내보냈고 가족과 함께 배에서 내렸다. 그러자 하늘에 커다란 무지개가 걸렸는데, 그것은 신이 두 번 다시 홍수로 인류를 멸망시키지 않겠다는 약속의 증표였다. 신은 말했다. "생육하고 번성하여 땅에 충만하라."

이러한 연유로 인류는 다시 시작하게 된 것이다. 실제로는 홍수 이후에 기근이나 역병의 만연이라는 부수적 재앙과 공포도 더해진다지만, '창세기'에서 거기까지 묘사되지는 않는다.

# 홍수가 '신의 분노'와
# 관련지어진 배경은

19세기 영국인 화가 존 에버렛 밀레이(John Everett Millais, 1829-1896)는 방주를 테마로 그린 작품으로 모두를 깜짝 놀라게 하였다. 바로 〈방주로 돌아온 비둘기〉다.

소녀들은 노아의 손녀들로 보인다. 좁은 배 안의 바닥에는 지푸라기가 깔려 있다. 동물들과 함께 생활하고 있는 것일지도 모른다. 의복은 화가가 살았던 시대의 옷에 고대 분위기를 약간 가미한 망토를 걸쳤다. 성경에 대한 지식이 없으면 제목만으로 이 그림을 이해하기는 쉽지 않을 것이다.

왼쪽의 소녀가 하얀 비둘기와 올리브나무 잎사귀를 들고 있고, 오른쪽의 더 어린 소녀가 비둘기에게 입을 맞춘다. 이들은 200일 이상이나 답답한 방주에 틀어박혀 있었다(말하자면 한 번 죽어서 관에 들어갔다가 되살아난 듯하였을 것이다). 이 나날들은 조그마한 아이들에게 엄청난 불안과 공포를 느끼게 했을 터이다. 방주는 이제야 겨우 항해를 멈추었고, 비둘기는 올리브나무 잎사귀를 물고 돌아왔다. 참고로 비둘기의 귀소본능은 이미 고대 이집트 시대부터 잘 알려져 있었다.

비둘기는 홍수의 끝을 상징하게 되었고, 또한 삼위일체에서 성령의 상징이 되기도 하였다. 올리브는 신과 인간의 화해를 상징하게 되면서 비둘기와 함께 평화의 심볼이 되었다.

존 에버렛 밀레이(John Everett Millais, 1829~1896)
〈방주로 돌아온 비둘기〉, 1851년, 캔버스에 유채, 88.2×54.9cm, 애슈몰린 박물관

이 소녀들의 얼굴에 떠오른 감정은 기쁨보다는 감사와 안도에 가깝다. 희망과 기쁨은 그다음일 것이다. 홍수가 신이 타락한 인간에게 내린 철퇴라고 하지만, 이 아이들에게 무슨 잘못이 있겠는가?

대부분의 홍수 전설은 신벌과 관련되어 있다. 치수(治水)가 여의치 않았던 시대의 홍수는 그렇게라도 생각하지 않으면 견디기 어려울 만큼 참극이었음에 틀림없다. 현대에서조차 그렇다. 신의 분노란 결국 인간이 제어할 수 없는 대자연의 맹위를 설명하기 위한 것이다.

자연은 느닷없이 송곳니를 드러낸다. 그때 희생된 자들이 모두 다 나쁜 사람은 아니다.

하지만 그렇다고 해도 다음과 같이 말할 수는 있다. 노아처럼 예측불허의 사태를 철저히 대비함으로써 자신을 지킬 수 있었을지도 모른다. 또한 한 번 죽을지언정 다시 일어설 힘이 솟아날지도 모른다. 미켈란젤로가 그려낸 서로 돕는 사람들의 모습, 밀레이가 그려낸 한 줄기 희망. 이들의 그림이 이재민의 가슴에도 와닿을 수 있을까……. 조금이라도 그러기를 바란다.

# 2장

## 고대의 전쟁

회화에 담은 소원

기원전 옛날부터 현재에 이르기까지,
인류는 수많은 전쟁을 일으켜 왔다. 그리고 예술가는
이를 계속 전쟁화로 그려 남겼다. 이번 장에서는
거의 2,000년 전 고대의 전쟁을 그린 회화를 제시하고
그에 담긴 의미를 해독해 가고자 한다.

자크 루이 다비드 Jacques Louis David, 1748-1825

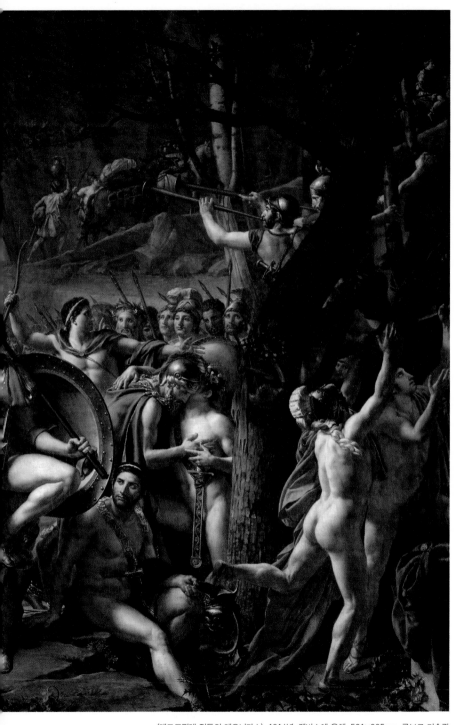

〈테르모필레 전투의 레오니다스〉, 1814년, 캔버스에 유채, 531×395cm, 루브르 미술관

# 인간이 스스로 불러온 재앙
## — 전쟁화의 세계

삶이란 쉽지 않은 길이다. 기근, 천재지변, 질병과 상처가 즐비해 있다. 이로도 부족한지 인간은 스스로 전쟁을 일으키고, 시체를 산처럼 쌓아나간다. 그리고, 전쟁화를 계속 그린다.

기원전 499~449년, 불연속적이라기엔 반세기나 계속되었던 '페르시아 전쟁'이 있었다.

페르시아 대 그리스, 정확히 말하면 대제국 아케메네스 왕조 페르시아와 고대 그리스 도시국가연합(아테네, 스파르타 등)의 격돌이었다. 일반적으로는 동방의 전제정치에 대해 그리스식 민주정치가 승리한 것으로 이해되고 있다. 그렇지만 이는 유일한 사료인 헤로도토스의 『역사』에 의거한 해석인데, 저자가 그리스인이라는 점에서 다소 일방적인 견해라 할 수 있다(후대에 플루타르코스 등으로부터 비판받았다).

헤로도토스의 출생 연도는 기원전 484년경이다. 집필 시에는 전쟁 체험자들도 다수 생존해 있었기 때문에 그들을 직접 취재하고, 이를 반영하여 『역사』에 신뢰성을 부여할 수 있었다. 다른 한편, 단지 소문이나 전해 들은 이야기에 각색까지 더해져 엄밀한 역사적 서술과는 거리가 멀었다.

하지만 그것이야말로 이 책이 야담 수준의 재미있는 읽을거리로 취급되고, 오랫동안 사람들의 입에 오르내리며 그림으로 재해석되어 그려질 수 있었던 요인일 것이다.

사실 이 전쟁의 발단은 페르시아에 속한 영토였던 이오니아의 반란에 아테네가 개입한 일이었다. 즉 이오니아를 지원함으로써 아케메네스 왕조 페르시아의 영향력을 저하하고자 기도한 것으로, 먼저 도전한 쪽은 그리스였다고도 할 수 있다. 격분한 페르시아의 다리우스왕은 제1차 원정군을 그리스로 보냈다(원정은 총 제4차까지 있었다).

그 유명한 '테르모필레 전투'는 기원전 480년 크세르크세스왕의 제2차 원정 때의 전투로, 당시 최전선에서 요격한 것은 바로 스파르타였다.


## 스파르타의 왕 레오디나스의
## 격전과 전장의 소년애(少年愛)

나폴레옹 시대의 프랑스 아카데미에 군림하였고, 〈알프스를 넘는 나폴레옹〉이나 〈나폴레옹 대관식〉으로 유명한 자크 루이 다비드(Jacques Louis David, 1748-1825)는 헤로도토스의 책을 인상 깊게 읽은 후 대작 〈테르모필레 전투의 레오니다스〉를 그렸다. 실제로 전투가 일어난 해로부터 놀랍게도 2,300년 가까이 지나고 제작된 것이다.

이러한 테르모필레의 격전에 대해서는 거칠게 외치는 대사 "디스 이즈 스파르타(This is Sparta)!" 등으로 최근까지도 회자되는 할리우드 영화 〈300〉(잭 스나이더 감독, 제러드 버틀러 주연)이 크게 히트하였기에 알고 있는 사람이 많을 것이다(만화 같은 느낌으로 꽤나 재미있다).

하면 중앙, 하얀 깃털이 달린 투구를 쓰고 오른손에 검을, 왼손에는 무거워 보이는 둥근 방패를 든 수염 난 남자가 스파르타의 왕 레오니다스다. 왕은 이미 델포이의 신탁을 받아 자신이 죽거나 혹은 그리스가 멸망하거나, 둘 중 하나라는 것을 알고 있었다. 그는 반드시 그리스를 구해야만 했다. 왕의 사전에 도망이란 없었다. 따라서 하늘을 향한 그의 시선은 목숨을 구걸하는 것이 아니라 용맹하게 싸우다 죽을 수 있게 해달라고 기도하는 전사의 혼을 보여 준다.

적은 무려 백만(!)의 군세였다. 이에 비해 레오니다스 측은 고작 300명이었다(스파르타를 지켜내기 위해 후사가 있는 집안의 사람만 선발했다). 레오니다스는 바위투성이인 테르모필레의 좁고 험한 길에 페르시아군을 유인하여 한 사람씩 없애버리는 작전을 세웠다. 승산은 없었지만 창이 부러지면 장검으로, 장검의 날이 망가지면 단검으로, 단검이 없어지면 맨손으로, 맨손이 자유롭지 못하면 이빨로 물어뜯어서라도 계속 싸울 생각이었던 300명의(영화 제목의 유래가 바로 이 숫자) 전사들은 당당했다.

화면 왼쪽의 바위벽에 한 병사가 칼자루로 글자를 새긴다—'나그네여, 스파르타인에게 전해다오. 명령을 모두 완수하고 우리들은 여기에 잠들 것이라고.' 이는 3일에 걸친 격전 끝에 명예롭게 전사한 자들을 기린 묘비명인데, 이 그림에서는 전쟁이 일어나기 전 스파르타 병사가 직접 적은 것으로 표현하였다.

소위 '그리스의 사랑(=소년애)'도 생생하게 표현되어 있다(레오니다스의 둥근 방패 바로 뒤에서 서로 끌어안은 커플, 화면 왼쪽의 창을 든 남자에게 안겨드는 소년, 글자를 새기는 병사에게 화관을 내미는 3명 중 가운데의 소년에게 팔을 휘감는 남자). 성인과 소년의 정신적, 육체적 사랑은 두 사람을 모두 고무하면서 전장에서 항상 강력한 효과를 발휘하였다고 전해진다(일본의 슈도(衆道)◆도 비슷한 경우이다).

소년애의 힘 덕분인지 겨우 300명의 인원으로 적 2만 명을 무찌를 수 있었지만, 아직 98만 명이나 더 남아 있었다. 레오니다스 측은 힘을 다하였지만, 최후의 1명이 죽으면서 싸움은 끝났다. 델포이의 신탁이 맞았는지는 다음 전개를 보면 알 수 있다. 스파르타가 투쟁하는 모습에 고무된 그리스 각 도시국가들이 금세 단결하여, 총력전으로 페르시아군을 물리치고 침략을 방어한 것이다.

다비드는 오랜 기간에 걸쳐 본 작품을 완성시켰지만, 구상하는 과정에서 나폴레옹에게 '레오니다스 같은 패장(敗將) 따위를 그려봤자 뭐하냐'는 말을 들었다고 한다. 얄궂게도 본 작품이 완성된 1814년, 나폴레옹 자신이 패장으로서 엘바섬으로 유배되었다. 예술가 특유의 직감이라도 발동한 것일까?

---

◆ 【역주】 슈도(衆道)는 와카슈도(若衆道)의 약칭으로, 일본의 사무라이들 사이에서 만연하였던 남성 간 동성애 문화를 의미한다. 정확히 말하면 성인 남성 사무라이가 10대 초중반의 미소년 시종과 성적인 관계를 맺은 것으로 일반적인 동성애보다는 소년애에 더 가까웠다고 할 수 있다.

결과가 어찌 됐든 간에 나폴레옹의 패배와 레오니다스의 패배 사이에는
상당히 큰 의미 차이가 있다. 전자는 이길 것이라고 자신하며 자기 자신을
위해 싸웠고, 후자는 질 것을 알면서도 나라를 위해 싸웠다.


## 이소스 전투를 그린 대작
## ― 알렉산드로스왕은 어디에?

그 후 아케메네스 왕조 페르시아는 어떻게 되었을까?

페르시아는 기원전 550년에 유목 이란인이 세우고 오리엔트 일대를 지배하
였던 '최초의 세계 제국'이었다. 네 차례의 그리스 침공이 실패한 정도로는
전혀 와해되지 않았고 이후에도 100년 이상 번영을 누렸다.

그러나 씨앗이 싹트면 꽃이 피고 또 지는 것처럼, 아케메네스 왕조도 어
김없이 최후의 때를 맞이하였다. 마케도니아의 알렉산드로스(=알렉산더)
대왕이 이끄는 동방 원정군에 짓밟히고 만 것이다. 다리우스 3세의 치세
였다.

독일 르네상스 화가 알브레히트 알트도르퍼(Albrecht Altdorfer, c. 1480-1538)
는 아케메네스 왕조 멸망의 결정타가 된 '이소스 전투'(기원전 333년)를 경
이로운 세밀 묘사로 작품화하였다.

화면 위쪽에 하늘, 중앙에 산과 바다, 아래쪽에 수많은 사람들로 빽빽이
채워진 땅이 보인다. 집요할 정도로 세부 표현에 골몰한 풍경화이자 역사
화다.

알브레히트 알트도르퍼(Albrecht Altdorfer, c.1480-1538)
〈알렉산더대왕의 전투〉, 1529년, 목판에 유채, 158.4×120.3cm, 알테 피나코테크

수평선에서는 알렉산드로스대왕을 상징하는 태양이 떠오르고, 왼쪽 위의 초승달(이슬람권을 상징)은 희미해져 간다. 다소 비과학적인 묘사지만 이 때 갈릴레오는 아직 태어나기도 전이었다는 것을 감안하자. 화가는 천동설을 믿고, 움직이지 않는 대지의 주변을 태양과 달이 회전하는 모습으로 그렸을 것이다. 소용돌이치는 구름과 격렬한 파도의 물보라는 개미처럼 보이는 인간들의 사투를 요란스레 부추기는 것만 같다. 쓰러진 말과 병사들을 넘어서 갑옷과 투구를 갖춘 알렉산드로스대왕의 군대와 터번을 쓴 다리우스 3세의 군대가 창검을 맞부딪힌다. 형형색색의 기치(旗幟)가 바람에 나부낀다.

이 정도의 대인원과 격전이라면 주인공이 딱히 두드러지지 않는 것도 당연하다. 그러나 역사를 아는 감상자라면 반드시 ―월리를 찾는 것처럼― 찾아낼 것이라고, 세밀하게 생명을 불어넣는 화가는 자신만만하게 생각했을 것이다.

상기한 바대로 등장인물의 수를 전부 세어본 사람, 등장인물의 얼굴을 전부 자신의 얼굴로 바꾼 모작품을 제작한 사람 등 본 작품에 열중하는 팬이 많았기에 주인공은 금방 발견되었다. 화면 위에서 3분의 2 지점, 중앙 왼쪽에 백마 세 마리가 끄는 2인용 전차에 타서 뒤돌아보며 도망치는 자가 다리우스 3세, 그 뒤에서 긴 창을 빼 들고 혼자 말에 올라타 추격하는 자가 주인공인 알렉산드로스대왕이다.

하늘 아주 높게, 라틴어 명판(銘板)이 공중에 떠 있다. 거기에는 '알렉산드로스는 페르시아군 보병 10만과 기마병 1만을 무찔렀으며, 다리우스 3세의 어머니와 아내 및 1천의 병사를 포로로 삼고 승리하였다'라고 적혀 있다.

알브레히트 알트도르퍼 〈알렉산더대왕의 전투〉 확대

이 숫자의 진위는 알 수 없다. 현대의 연구자가 계산한 바에 의하면, 양측의 군대를 합쳐 10만 명이었다고 한다(다른 설도 있다). 또한 본 작품의 완성과 거의 동시기에 해당하는 16세기 중반, 위그노 전쟁에서 프랑스 원수 타반느는 이렇게 말한 바 있다─'예전에는 몇 시간에 달하는 전투에서 전사한 자가 500명의 기병 중 겨우 10명이었지만, 지금은 한 시간 만에 전멸한다.' 총포 발명 전후의 차이일 것이다.

그러면 300명으로 2만 명을 해치웠다는 테르모필레 전투처럼, 이소스 전투의 인원수도 부풀려 졌을 가능성이 높다. 허나 어쨌든 전쟁은 끝났고, 도주한 다리우스 3세는 패배의 치욕을 씻을 기회를 노렸지만 결국 기원전 330년에 살해되어 아케메네스 왕조는 멸망하였다.

# 위협은 '페스트, 늑대, 오스만튀르크'

알트도르퍼는 단지 감상을 위해서 이 역사화를 의뢰받은 것이 아니었다. 왜냐하면 동서 간 전쟁은 기원후에도 끊임없이 계속되었고, 기독교 유럽을 위협하는 요인은 '페스트, 늑대, 오스만튀르크'였기 때문이다(일본의 '지진, 번개, 화재, 아버지'♣와 유사하다).

이 시기, 아케메네스 왕조를 능가하였던 오스만 제국은 초승달이 그려진 깃발을 내걸고 빠르게 유럽으로 진공하면서, 헝가리의 남반부를 차지하고 마침내 합스부르크 왕조의 아성(牙城) 빈까지 도달하였다('제1차 빈 포위'). 이 작품을 의뢰한 바이에른공도 이러한 사태를 크게 우려하여 1,800년보다도 전에 유럽이 오스만 제국과의 전쟁에서 승리한 그림을 일종의 부적으로 간주했던 것 같다. 그 기도가 통하였는지 빈은 끝까지 사수되었다.

재앙을 맞이하기는 했으나 최악의 사태를 면한 것은 이 그림 덕분이 아니었을까?

---

♣ 【역주】일본의 관용 표현으로 세상에서 가장 무섭고 대적할 수 없는 존재를 나열한 것이다. 지진, 번개, 화재 등과 같은 천재지변과 나란히 거론할 만큼, 도저히 거역할 수 없이 무서운 가부장의 권위를 강조하는 말이다.

# 3장

## 고대의 천재지변

### 신의 노여움과 흔적도 없이 사라진 마을

신의 노여움을 사서 깡그리

불타버린 소돔과 고모라. 화산 분화로 인하여

흔적도 없이 사라진 폼페이. 고대 사람들을

두려움에 떨게 한 천재지변은 화가들의 마음을 뒤흔들었고,

그 전설과 함께 현재까지도 명화로 남아 있다.

존 마틴 John Martin, 1789–1854

〈소돔과 고모라〉, 1852년, 캔버스에 유채, 136.3×212.3cm, 라잉 아트 갤러리

## '남색, 수간'의 어원이 된
## 소돔의 화재

『구약성서』의 '창세기'에 따르면, 방주에 타서 살아남은 노아 일가에게 신은 이렇게 약속했다. 두 번 다시 인간을 홍수로 멸망시키지 않겠다고(1장 참조).

그러나 그것은 물로 멸망시키지 않겠다는 약속이었고, 불은 별개의 문제였던 것 같다(어쩐지 속은 듯한 기분이 들기는 하지만……).

노아의 방주로부터 오랜 세월이 지나(기원전 3,000년 정도?) 소돔과 고모라라는 두 개의 이웃한 마을이 크게 번성하였으나 어느새 악덕과 퇴폐의 소굴이 되고 말았다. sodomy(소도미—남색, 수간—)라는 말이 소돔에서 파생되었으니, 성서에 언급된 '악덕'이 구체적으로 무엇을 의미하는지는 상상하기 어렵지 않다. 신은 이러한 행태에 분노했고 홍수가 아니라 유황과 불의 비를 내려 마을을 소멸시키기로 하였다. 다만 그에 앞서 두 천사를 보내어 마을 주민 롯의 신앙심이 얼마나 강한지 확인하였다. 천사는 롯 부부와 그 딸들에게 서둘러 마을을 떠나야 하며, 절대로 뒤돌아 봐서는 안 된다고 명령했다.

무릇 모든 문화에 전해지는 '뒤돌아 보지 말라'의 금기는 깨어지기 위하여 존재하는 법이다. 롯 가족은 황급히 도망쳤으나 오랫동안 정들었던 소돔의 붕괴를 지켜보지 않을 수 없었는지, 롯의 아내가 자신도 모르게 뒤를 돌아 보자 그대로 소금 기둥이 되었다고 한다.

19세기 영국의 화가 존 마틴(John Martin, 1789-1854)은 〈소돔과 고모라〉에서 그 클라이맥스 장면을 그리고 있다.

밤하늘을 불태우는 화염 묘사가 압권이다. 마틴은 화재 선풍(열대류 현상의 하나. 공기가 있는 쪽으로 불이 움직이며 상승 기류가 된다)을 실제로 본 것일지도 모른다. 화염은 기둥처럼 솟아오르고 상공에서 용틀임하며 선회한다. 주위의 건물들은 끝없는 늪에 빠져든 것처럼 차례로 무너지고 가라앉아 간다.

화면 오른편에는 롯과 그의 딸들이 있다. 롯은 열기를 피하기 위해 두건을 푹 눌러쓰고 있다. 한편 딸들은 탈출할 때 금으로 된 식기류를 꺼내온 것 같다. 한 사람은 머리 위에 올려두었고, 다른 한 사람은 왼팔로 꽉 안아 들었다.

그들의 등 뒤를 번개가 뱀처럼 추격한다. 그 앞에는 롯의 아내가 있다. 그녀는 마을을 뒤돌아본 순간 번개에 맞은 것이다. 왼팔을 높이 든 채 하얀 소금 기둥으로 변하고 있는 모습이다.

이 소금 기둥을 근거로, 소돔과 고모라가 있던 곳은 사해(死海) 주변이었다고 추정하는 설이 지금은 가장 유력하다. 지금도 사해 서안의 소금 바위산에는 '롯의 아내'라고 이름 붙은, 꽤 그럴듯한 소금 기둥이 우뚝 서 있다.

그렇다면 유황과 불의 비는 어떨까? 보통은 화산 분화를 생각하지만 사해 주변에는 화산이 없다. 대신 석유나 천연가스가 풍부한 장소가 있으므로, 거기에서 불이 붙어 대규모 화재가 발생하면서 마을을 전부 불태웠을 가능성도 고려되고 있다. 어쨌든 당시 사람들에게 있어서 무자비하기 그지없는 자연재해는 신벌이라고 인식되었고, 이에 따라 오히려 타락한 마을이 잘못했으니 신벌을 받아 마땅하다는 이야기로 전개되었던 것은 아닐까?

## 마을을 멸망시키고, 주민을 말살한 '천사'들

같은 제목의 또 다른 작품 한 점을 제시하고자 한다. 프랑스 화가 귀스타브 모로(Gustave Moreau, 1826-1898)가 그린 〈소돔의 천사〉다.

본 작품은 2017년 일본의 '무서운 그림 전(展)'(필자가 특별감수)에 출품되어 꽤나 놀라움을 자아냈다. 천사에 대한 일본인의 일반적 인식과 어긋났기 때문이었음을 많은 감상 코멘트를 통해 확인할 수 있었다.

여기서 모로는 화산설을 채택하고 있다. 산 능선이 화면을 비스듬하게 가로지르고, 산기슭의 들판에 들러붙듯이 소돔이 있다.

귀스타브 모로(Gustave Moreau, 1826-1898),
〈소돔의 천사〉, 1890년, 캔버스에 유채, 46.6×30cm, 귀스타브 모로 박물관

산 정상에서 분출된 뜨거운 용암이 분류(奔流)가 되어 덮치고 모든 것을 삼켜버린다. 그 모습을 공중에서 내려다보는 천사는 압도적일 만큼 거대하며 인간 따위는 개미와 다름없다. 머리 위에 후광이 비치고 손에는 정의의 상징인 장검을 들었다. 천사들은 정의의 이름으로 마을을 멸망시키고 주민들을 말살한 것이다.

천사(天使)란 쓰여 있는 글자 그대로 신의 사자(使者)다. 신에게서 파견되어 신의 의지를 실행한다. 대량 학살(genocide)조차 서슴지 않는다. 그 사실이 '무서운 그림 전' 방문객에게 충격을 주었던 것이다.

종교가 없는 일반인들은 천사를 아미타불이나 그와 비슷한 존재처럼 여기고 인간의 편, 인간을 구해주는 존재라고 막연히 믿고 있었다. 그러한 믿음은 멋지게 뒤집혔다. 혹은 기독교에 대한 지식이 있었더라도 화가의 상상력과 회화가 주는 감동이 하여금 관념상의 차이를 새삼 직면하게 한 것이다. 그러한 놀라움이 큰 반향을 일으켰던 것이리라.


## 아비규환을 생생하게 그린
## <폼페이 최후의 날>


소돔의 경우 실재했다는 확실한 증거는 없다. 그러나 소돔과 마찬가지로 하룻밤 만에 소멸한, 이탈리아 남부의 풍경이 아름다운 도시 폼페이는 18세기부터, 즉 1,700년가량의 세월이 흐르고 나서야 발굴되기 시작하면서 예전의 모습을 서서히 드러냈다.

폼페이는 로마 제국의 유수한 휴양지였다. 콜로네이드(colonnade)♣가 있는 신전이 세워져 있고 부유층의 저택이나 공중목욕탕이 가득했으며, 글래디에이터가 싸우는 콜로세움이 있는 데다 수도나 포장도로도 완비된 아름다운 도시로서 인구도 2만 명이 넘었다. 실로 소돔과 비슷하게 번영하고 있었다. 기원후 79년 여름, 베수비오 화산이 대분화하기 전까지는.

필자는 학창 시절 처음 폼페이 유적을 방문했다. 친구와 둘이서 이해하기도 어려운 노선지도에 의지하여 사설 철도를 타고 조그만 역에 내렸는데, 분명 관광지인데도 노부부 한 쌍밖에 없었다. 어느 나라 사람인지도 잊어버렸지만(북유럽이었던 것 같다) 어쨌든 서로 말이 거의 통하지 않았다. 그렇지만 계속 넷이서 서로 몸을 맞댄 채 걸어갔다.

다들 조금 무서웠던 것이다. 한여름의 작열하는 태양 아래, 미로 같은 폐허에 우리 넷 말고는 아무도 없었다. 바람도 불지 않았다. 이상할 만큼 조용했다. 우뚝 솟은 기둥이나 분수 유적, 돌계단, 불현듯 등장하는 조각상, 벽화……. 그것들이 우리를 가만히 쳐다보고 있는 기분이 들었다. 이 모든 게 10m나 되는 화산재 아래에 수 세기 동안 잠들어 있었던 것이다. 그리고 (지금은 이미 발굴되어 어딘가 매장되었겠지만) 그곳에는 무수한 사망자와 동물의 사체도 쓰러져 있었을 것이다. 이때 당시 우리 이승의 존재들은 완전한 '이방인'이었다.

---

♣ 【역주】벽 없이 줄기둥들이 지붕을 떠받치는 형태의 회랑(回廊)이다. 고대 이집트와 그리스·로마의 건축에서 나타난다.

이렇게 30분 넘도록 걸었을까? 멀리서 사람 목소리가 들리기 시작한다고 생각한 지 얼마 되지 않아 유적은 관광객들로 붐비기 시작했고 분위기도 뒤바뀌었다. 몇 년 후에 다시 한번 폼페이를 방문했을 때 알게 된 사실인데, 그날 우리가 도착한 역은 말하자면 부지 내의 간이 쪽문 같은 것이었다고 한다. 다른 사람들은 당연히 정문으로 왔다. 정문 쪽 노선의 역은 확실히 관광지 건물의 외관을 그대로 하고 있었으며 전 세계 관광객들로 붐비고 있었다.

하지만 쪽문으로 들어갔던 일은 마치 시간 여행 같아서 매우 귀한 경험이었다. 그 덕분에 후에 보았던 폼페이 관련 그림들이 어찌나 생생하게 느껴졌는지 모른다.

19세기 러시아인 화가 카를 파블로비치 브륨로프(Karl Pavlovich Bryullov, 1799-1852)가 로마에 잠시 머물렀을 때 완성해 높은 평판을 얻은 〈폼페이 최후의 날〉은 이번 주제의 대표작이라 할 수 있다.

브륨로프는 제작에 착수하기 위해 몇 번씩 현지에 방문한 것은 물론, 방대한 사료를 섭렵하였다고 한다.

다행히 이 재해에 관해서는 저명한 동시대 사람이 자신의 경험담을 기록한 편지도 남아 있다. 소(小) 플리니우스(문필가. 훗날 로마 집정관)가 친구 타키투스(역사가, 『게르마니아』의 저자)에게 보낸 편지이다. 그에 적힌 내용에 따르면 다음과 같다.

카를 파블로비치 브륨로프(Karl Pavlovich Bryullov, 1799~1852),
〈폼페이 최후의 날〉, 1833년, 캔버스에 유채, 456.5×651cm, 러시아 미술관

해발 1,281m의 베수비오산이 불을 토하던 당시, 소 플리니우스의 삼촌이
자 양부였던 대(大) 플리니우스(『박물지』 37권의 저자)는 폼페이 건너편 강
가의 미세눔이라는 도시에 살고 있었다. 그는 화산 활동의 관찰과 피난민
구조를 위하여 군용선을 타고 나폴리만(灣)을 건너갔다. 소 플리니우스에
게도 동행하기를 권했지만 그는 늙은 어머니가 걱정되어 그 제안에 따르
지 않았다.

아니나 다를까 미세늄노 석렬한 지진과 쓰나미(당시 이 단어는 없었지만), 그리고 화산재 피해를 입었다. 도로는 피난민으로 가득 차 아비규환이었다. 소 플리니우스의 어머니는 아들에게 혼자서 도망치라고 말했으나 그는 무조건 함께 도망쳐야 한다고 어머니를 격려하였고, 마침내 함께 어려움을 피할 수 있었다. 다음날 그는 대 플리니우스 삼촌이 화산 가스에 질식사했다는 소식을 듣게 되었다……

이 이야기는 브뤼로프의 작품에도 반영되어 있다.

화면 오른쪽 아래, 지친 듯이 주저앉은 노파의 어깨에 손을 얹고 한 젊은 이가 필사적으로 무언가 말을 걸고 있다. 나를 계속 챙기다가는 위험해진 다. 아들만큼은 살아남기를 바라는 어머니의 사랑과 어머니를 두고 떠나지 않는 아들의 사랑이 느껴진다.

이 밖에도 다양한 서사가 나타나고 있는데, 뒷다리로 일어선 채 울부짖는 말들을 통해 그 모든 서사가 대지가 격렬히 흔들리는 와중에 일어나고 있음을 전해주고 있다. 또한 돌계단에는 검은 알갱이들이 점점이 흩어져 있다. 이는 불타오르는 하늘에서 내려온, 화상을 입을 정도로 뜨거운 돌멩이들이다.

구도는 중앙에서 양분되어 오른쪽에는 끌어안긴 노인이, 왼쪽에는 젊은 아버지가 몸을 보호하려는 듯이 팔을 들어 올린다.

그들의 시선 끝을 쫓아가면 신전에 장식된 조각상(화면 오른쪽 위)이 막 떨어지려 하고 있다. 게다가 왼쪽의 건물도 붕괴하기 시작하니, 이 불행한 사람들에게 이제 피할 방도는 없는 것처럼 보인다.

폼페이의 사망자 수는 2,000여 명이었다고 전해진다. 예상보다 적은 것은 며칠 전부터 어쩐지 심상찮은 화산의 울림과 진동이 시작되자 대다수의 사람은 도시에서 이미 탈출했기 때문이다. 그러나 가족을 두고 갈 수 없었던 사람, 견고한 건물 안에 있으면 괜찮을 것이라고 낙관한 사람, 별수 없는 이유로 늦게 도망친 사람들은 화산 폭발의 희생자가 되었다. 그들 위로 며칠동안 화산재가 계속 내려와 도시 전체가 흔적도 없이 사라졌다.

현대에도 여전히 폼페이와 그 주변의 발굴은 계속되고 있다.

# 4장

## 중세의 역병

팬데믹과 '죽음의 무도'

중세 사람들을 공포의 구렁텅이에

빠뜨린 페스트(흑사병).

유럽 인구의 3분의 1을 앗아갔다고 전해지는

이 재앙을, 왜인지 유머러스하게 그린 화가도 있다.

여전히 현재진행형인 역병과의 투쟁의 역사를

되돌아 보도록 하자.

**피터 브뤼헐** Pieter Brueghel the Elder, c.1525–1569

〈죽음의 승리〉, 1562년, 판넬에 유채, 117×162cm, 프라도 미술관

# 왜 해골이 넘쳐나는 것일까?

유럽에는 해골 성당이나 카타콤(지하 매장소)이 있어 관광명소로도 유명하다. 그곳은 사람 뼈가 굴러다니며(장소에 따라서는 수만 구에 이른다) 해골을 조합해 만든 샹들리에, 악기, 문장(紋章) 등이 장식되어 있다. 다른 문화권의 사람들은 깜짝 놀라며 죽은 자에 대한 모독이라고 생각할 정도지만, 구미권들에서는 화장(火葬)이 더욱 잔혹하다고 여겨지는 듯하다. 기독교적 사고방식으로는 사후 부활에 시체가 필요하므로 무조건 땅에 묻어야 하기 때문이다.

그렇다 해도 서양 회화는—해골을 안은 성인이나 해골 모습의 사신 등— 왜 이토록 사람 뼈가 넘쳐나는 것일까? 아니, 그보다도 왜 유럽에서는 실제로 사람 뼈가 이렇게 많이 남아 있는 것일까?

답은 토양에 있다. 토양이 다르기 때문이다. 한국과[◆] 일본의 흙은(모래땅을 제외하고) 대체로 화산성이라 산성도가 높아서 뼈를 녹일 수 있다. 한편 유럽의 흙은 대부분 알칼리성이거나 중성이기 때문에 뼈의 형태가 유지된 채 남게 된다. 즉 평소에 뼈를 볼 기회가 많았던 것이다. 특히 팬데믹이 발생하여 시체를 묻을 여유조차 없어진 경우에는 더 그렇다.

해골 성당의 탄생도 페스트의 산물이라고 한다. 너무나 많은 사망자가 발생하여 개인을 묻을 땅이 부족한 데다 누구의 뼈인지도 확인할 수 없게 되면 한 곳에 합쳐 모아두는 수밖에 없다(그렇다고 해도 장식품으로 쓰는 건 이해하기 어렵지만……).

---

◆ 한국 관련 내용은 원 저작사의 동의를 얻어 편집자가 작성한 내용이다. 참고 자료는 책 뒤쪽 참조.

## 페스트라는 재앙으로 그려진
## 해골들의 무도

플랑드르 화가 피터 브뤼헐(Pieter Brueghel the Elder, c.1525-1569)은 〈죽음의 승리〉 속에서 살아 있는 인간보다 훨씬 역동적으로 날뛰는 해골들을 그리고 있다.

뼈밖에 안 남으니 성별이 사라지고 누가 누구인지 구별도 되지 않지만, 이 그림 속 해골들 가운데 대부분이 상당한 유머의 소유자라는 것만은 틀림없다. 우선 그 부분부터 짚어보도록 하자.

화면 오른쪽 아래, 궁정의 정경이다. 세상에 큰일이 벌어졌는데도 연인들은 서로만 바라본 채 한가로이 음악에 빠져들어 있다. 그 바로 뒤에서 천연덕스럽게 현악기로 반주를 하는 해골은 머지않아 연인들이 자신을 알아차리고 비명을 지르기를 고대하고 있다. 식탁 테이블 너머에는 푸른색 궁정 광대복을 입은 해골이 여관(女官)에게 해골이 담긴 접시를 내밀어 깜짝 놀라게 하면서 히죽히죽 웃고 있다.

또한 화면 중경의 왼쪽에 보이는 교회 폐허에서는 로마식으로 성직자의 망토를 걸친 한 무리가 엄숙한 체하며 행렬하고 있다. 가면무도회를 하려는 생각일지도 모른다. 승리의 나팔을 부는 자도 있다. 여러 개의 벽감(壁龕)◆에는 해골을 장식하였는데, 바닥에서 살짝 나와 있는 하나만 인간의 얼굴인 것은 조금 웃긴 지점이다.

◆ 【역주】 서양식 건축에서 두꺼운 벽면의 일부를 파내어 만든 장식용 공간이다. 일반적으로 등잔, 꽃병, 조각상 등을 올려둔다.

웃음과 공포는 상성이 좋다. 호러 영화는 그것을 잘 알고 있고, 작은 공포가 금방 웃음으로 흩어지고 나서 곧이어 몸이 얼어붙을 만큼의 진짜 공포가 압박해 오는 패턴은 여러분도 익숙할 것이다.

죽음의 무자비함도 가차 없이 그려진다. 화면 아래 왼편에서 깡마른 개가 갓난아기를 산 채로 잡아먹으려 하고 있다. 왼쪽 끝에는 자신이 가진 재물로 거래를 시도하려는 왕에게 조금밖에 남지 않은 모래시계를 내미는 해골이 보인다. 그 옆을 창백한 말에 탄 해골이 종을 울리며 지나간다. 말이 끌고 있는 짐수레는 해골로 가득 차 있다.

중경에서는 해골이 어망으로 포획한 지상의 인간들을 강에 내던져 익사시키려 하고 있다. 그 오른쪽 끝에서는 성채를 지키는 방패를 향하여 해골 무리가 밀어닥친다. 인간도 필사적으로 방어하고 있지만 형세는 그리 나아지지 않는 듯하다.

왕, 갓난아이, 성직자, 기사, 농민 모두의 목숨을 단번에 빼앗을 수 있는 존재라면, 바로 역병이다. 여기에서도 무시무시한 팬데믹이 펼쳐지고 있는 것이다.

후경에서는 전쟁이 한창이다. 왼쪽 하늘은 화재로 붉게 물들고, 해상에서는 군함이 좌초하여 침몰했으며, 굽이치는 길에서 인간 군단과 해골 군단이 격돌한다. 산 위에서는 인간만 목이 잘리고 차륜형(車輪刑)✦이나 교수형에 처해지고 있다. 전쟁과 역병은 대체로 함께 손을 잡고 덮쳐 온다. 전쟁

---

✦ 【역주】 중세 시대의 형벌 중 하나다. 먼저 수레바퀴처럼 생긴 고문 바퀴에 죄인의 묶고 무거운 추를 던지거나 둔기로 두들겨 패서 사지를 모두 부러뜨려 죽이거나 빈사 상태로 만든다. 흐느적거리는 팔다리를 축 늘어뜨리거나 바퀴살에 괴상하게 묶은 후 긴 장대 위에 올려 대중들이 밀집한 한복판에 전시해 둔다. 대중들은 야유하며 돌이나 토마토를 던졌는데, 이를 통해 죄인을 모욕하고 그 명예를 더욱 실추시킬 수 있었다.

은 역병의 소굴인 셈이다. 그 가운데서도 이 정도로 많은 죽음을 불러올 수 있는 건 오직 페스트뿐이다.


## '죽음의 평등주의'가 중세 사회에 불러온 것

페스트는 유럽의 트라우마다. 6세기부터 18세기에 걸쳐, 반복적으로 찾아 오는 해일마냥 무자비하게 유럽을 습격하여 시체를 산더미처럼 쌓아 올렸 다. 가장 큰 팬데믹은 14세기에 발생했는데, 1347년부터 대략 반세기 동안 무섭게 창궐하였고 유럽 인구의 약 3분의 1을 잡아먹었다고 전해진다.

'죽음의 무도'나 '메멘토 모리(=죽음을 기억하라, 죽음을 잊지 말라)'와 같 은 도상(図像)이 상당수 나타난 바 있다. 특히 '죽음의 무도'라는 테마는 페스트의 충격을 바탕으로 태어났다. 해골 모습의 '죽음'이 계급과 무관하 게 모든 사람들의 손을 잡고 죽음의 윤무(輪舞)로 이끈다는 회화 및 조각 표현이다.

지상의 신이나 다름없는 왕, 그리고 신과 가장 가까운 성직자조차 제 수명 만큼 살지 못하고 역병으로 죽었다. 이러한 '죽음의 평등주의'가 견고한 계 급사회에 길들여 있던 소박한 민중을 얼마나 각성시켰을지 가히 짐작할 만 하다. 특히 성직자에 대한 환멸은 컸다. 신자를 구하기는커녕 스스로도 구 하지 못하면서 방관만 하던 교회의 권위가 형편없이 실추되었으니, 페스트 종식과 함께 중세가 끝나고 르네상스의 탄생, 나아가 종교개혁으로 이어지게 된 역사의 흐름은 자못 자연스럽다.

잉글랜드 왕 헨리 8세의 궁정화가로 알려진 독일 출신의 화가 한스 홀바인(Hans Holbein the Younger, 1497/1498-1543)도 죽음의 무도를 그림 소재로 삼았다. 총 41매의 연작 소형 목판화집으로, 정식 제목은 〈교묘하게 구상되어 우아하게 그려진 '죽음'의 상(像)과 이야기〉다. 그중 1매, '수도원장'을 살펴보자.

이 뚱뚱한 수도원장은 나무 그늘에서 독서 중이었던 것 같다. 판화 속 미트라(주교관)를 쓰고 바쿨루스(주교 지팡이)를 든 해골은 아마도 다른 주교를 먼저 무덤으로 배웅한 지 얼마 안 된 듯한데(아니면 죽은 주교가 좀비처럼 사신으로 변한 것일까?), 동료인 수도원장도 함께 가자며 아무렇지 않게 제안하는 느낌으로 찾아왔다.

나무 위에는 모래시계가 보인다. 생명의 모래가 어느새 조금밖에 남지 않았다는 사실도 깨닫지 못한 수도원장은 아무런 각오도 못한 것처럼 보인다. 평상시에는 일상적인 얼굴을 하고 침착한 모습이겠지만 죽음을 직면하자 화들짝 놀라서 성서를 들어 올리고 해골의 등을 밀어내면서 저항한다. 그러나 이미 그와 춤추기로 결정한 해골은 수도복을 꽉 쥐고 떨어지지 않는다. 아직 등 여기저기에 썩은 살이 남아 있고 꺼림칙하게 손톱을 기른 해골과 영양을 충분히 섭취한 수도원장 간의 대비를 통해 브뤼헐과 비슷한 유머 감각을 느낄 수 있다.

Der Apt.

한스 홀바인(Hans Holbein the Younger, 1497/1498-1543),
'수도원장', 판화집 출판은 1538년, 목판화, 클리블랜드 미술관

# 액막이로 상식된
## '페스트 수호신' 로쿠스의 모습

현대에도 페스트에 감염된 후 치료받지 않은 환자의 치사율은 30~60%로 매우 높다. 하물며 500년도 더 이전의 과거에는 위생과 영양 상태가 모두 불량하고, 설치류에 붙은 벼룩이 매개체라는 사실도 밝혀지지 않은 데다 약이 있을 리도 만무했다.

당시 치사율은 선페스트가 60~90%, 폐페스트는 거의 100%였다고 하니 사람들이 패닉 상태에 빠진 것도 당연하다.

증상도 무시무시하다. 림프절에 염증이 일어나는 것부터 시작되어 몸 전체에 반점이 생기고 내출혈으로 전신이 거무스름해지며(그 때문에 '흑사병'이라는 이름이 붙었다) 고열, 구토, 격렬한 통증에 고통받다가 3일 만에 죽는다. 의학 지식이 부족했던 당시 사람들이 이를 신벌 내지는 악마의 소행이라고 간주했을 만하다.

수상한 약을 파는 돌팔이 의사, 세계 종말을 주장하는 설교사, 갖가지 계시를 떠벌리는 점술사 등이 등장했다. 될 대로 되라는 기분으로 '죽음의 무도'처럼 미쳐 춤추는 단체까지 나타나고 있었다. 이를 가리켜 당연하다고는 말하고 싶지 않지만, 비슷한 소동은 후세에도 반복되었다. 원인도 치료법도 모르는 혼란에 처한 사람들은 살아남은 자(surviver)들을 가장 신용하게 되었다. 분명 감염되었고 피부에 반점이 생겨 괴로워하다가 곧 죽을 것이라고 예상했는데, 어째서인지 되살아난 아주 소수의 사람들 말이다. 그들에게 기적이 일어난 이유는 무엇일까? 그들은 신에게 선택받은 성스러운 존재인 것이 아닐까? …… 이리하여 페스트 수호신 한 명이 탄생했으니, 그가 바로 프랑스의 로쿠스였다.

구전에 따르면 로쿠스는 부모의 유산을 전부 빈민에게 나눠주고 이탈리아를 순례하였다. 아직 팬데믹 전이었지만 국소적으로 페스트가 유행하고 있었고, 로쿠스는 환자의 간호를 돕던 중에 자신도 감염되고 말았다. 병세가 악화되어 숲에서 죽음을 기다리고 있는데 신비한 개가 찾아와 그의 상처를 핥아준 덕분에 완치되었다고 한다. 사람들은 이 이야기에 감명을 받았고, 가톨릭 성당에서도 그를 성인으로 인정했다. 이렇게 성(聖) 로쿠스는 기도의 대상으로 등극했다.

르네상스 시대의 이탈리아인 화가 카를로 크리벨리(Carlo Crivelli, 1430/35-1495)는 상당히 재미있는 〈성 로쿠스〉를 그렸다. 20대였을 터인 로쿠스는 묘하게 나이 든 얼굴인데, 이제 막 중병을 이겨낸 참이라서 초췌해 보이는 것뿐인지도 모른다. 그건 그렇다 치고, 예전의 세이코짱 헤어◆같은 머리 모양에 대해서는 다들 어떻게 생각할는지? 크리벨리가 활약할 때 유행한 헤어 스타일과 패션이므로 후대인으로서는 어쩔 도리가 없긴 하다.

그의 오른쪽 다리 부분을 주목해 보자. 마치 칼로 슥 그어버린 것 같은 끔찍한 상처 자국이다. 로쿠스는 일부러 칼차(calza, 타이즈의 일종)를 내려 우리에게 보여주고 있다. 머리 위 광륜(光輪)과 상처 자국(때로는 개까지)은 성 로쿠스 그림의 공식이다.

---

◆ 【역주】1980년대 일본의 대표적인 여자 아이돌 마츠다 세이코(松田聖子)의 헤어스타일을 말한다. 앞머리를 내리고, 층을 내서 자른 단발머리를 바깥쪽으로 부풀려 볼륨감을 주는 머리 모양이다. 이는 '세이코짱 컷'으로도 불리며 1980년대 초반 일본 연예계와 대중들 사이에서 크게 유행하였다.

크리벨리의 본 작품은 ─다른 성 로쿠
스 도상과 마찬가지로─ 예술품으로서
만이 아니라 일종의 액막이로서 장식되
었던 것으로 여겨진다. 페스트가 이 세
상에서 완전히 사라지지 않았고 언제든
다시 덮쳐 올지 모른다는 사실을 모두
알고 있었기 때문이다.

카를로 크리벨리(Carlo Crivelli, c.1435-c.1495),
〈성(聖) 로쿠스〉, 1490년, 판넬, 11.1×38.7cm, 월리스 컬렉션

# 5장

# 30년 전쟁

최대·최후의 종교전쟁

17세기 독일을 주된 전장으로 한 30년 전쟁.
내란에서 종교전쟁, 그리고 국제분쟁으로 확대된
싸움은 일반 사람들에게 있어서는 그저 재앙일 뿐이었다.
인류의 어리석은 행동을, 화가들은
어떻게 예술로서 승화시켜 갔는가?

**요한 빌헬름 칼 발봄** Johan Wilhelm Carl Wahlbom, 1810-1858

〈뤼첸 전투〉, 1855년, 캔버스에 유채, 101×151cm, 스웨덴 국립미술관

# 인구를 절반으로 감소시킨
# 17세기의 종교전쟁

루터의 종교개혁으로부터 약 100년 후인 1618년, 신성 로마 제국령(領)의 일부로서 합스부르크 가문이 지배하였던 보헤미아 왕국(현재의 체코)에서 사건이 발생하였다. 가톨릭이 강제되고 개신교 교회까지 폐쇄되자, 격분한 보헤미아 귀족 몇 명이 프라하성에 몰려들어 2층 창문에서 관리 3명을 내던진 것이다.

관리들은 부상 정도에 그쳤지만 상황은 곧장 내란을 향해 흘러갔다. 설마 이 내란이 종교전쟁으로 번지고 나중에는 종교에서 분리된 국제분쟁이 되면서 총 30년 동안이나 계속되리라고는, 처음에는 그 누구도 예상하지 못했을 것이다. 이렇게 확대·장기화된 이유는 관련된 나라들이 이때다 싶어 사리사욕을 채우고자 개입했기 때문이다.

가톨릭 측에는 스페인을 포함한 신성 로마 제국 외에도 가톨릭 연맹(독일 남부에 많았다), 덴마크-노르웨이, 크로아티아 등이 있었다. 개신교 측에는 독일의 개신교 제후국, 스웨덴, 네덜란드, 그리고 오스만 제국(!)이 있었다.

심지어는 프랑스가 ―가톨릭 국가였지만 국익을 우선하였던 연유로(부르봉 가문은 합스부르크 가문을 약화시키고자 하였다)― 개신교 편에 서서 놀라움을 주었다.

주된 전장이었던 독일은 도시와 농촌 모두 무참히 황폐해졌고 종전 후 인구는 반절 내지는 3분의 1 수준으로 감소하였으며(중세 페스트 재앙과 같은 수준), 경제는 정체되고 후진성이 고착화하면서 프로이센의 프리드리히 대왕이 등장하기 전까지 무수한 약소국들이 모인 상태로 강대국의 각축장이 되었다.


## '북유럽의 사자' 구스타브 아돌프의 최후

30년 전쟁은 역사적 스타 두 명의 이야기로도 알려져 있다. 스웨덴의 구스타브 아돌프와 신성 로마 제국군을 이끈 알브레히트 폰 발렌슈타인이 바로 그들이다. 전자는 '북유럽의 사자'라는 별칭을 가진 스웨덴 국왕(정식명 구스타브 2세 아돌프)이고, 후자는 보헤미아 출신의 용병대장이다. 그들의 최후도 모두 그림으로 남아 있다.

먼저 19세기 스웨덴 화가 요한 빌헬름 칼 발봄(Johan Wilhelm Carl Wahlbom, 1810-1858)이 구스타프 아돌프를 주인공으로 하여 그린 전쟁화 〈뤼첸 전투〉를 살펴보자.

뤼첸은 독일 라이프치히 근교의 전장이다. 여기에서 구스타브의 개신교군과 발렌슈타인의 가톨릭군이 각자 6만 명의 병사를 거느리고 격돌하였다. 1632년 늦은 가을, 안개가 짙게 내리깔린 어느 날이었다.

화면에는 자욱한 안개와 함께 군마 무리의 발굽에 일어난 흙먼지도 뽀얗게 보인다. 전망이 좋지 않은 가운데 백병전이 머지않았다. 운명의 총탄이 울려 퍼진다. 순간 안개가 걷히며 푸른 하늘이 살짝 내비쳤을 때, 눈에 들어온 광경이 바로 이 장면이라는 것이 화가의 의도다.

중앙에서 구스타브는 절명하고 있다. 미간의 피는 소총에 맞아 생긴 것이다. 말이 뒷다리로만 서 있는데, 그의 군화가 발걸이에 걸려 있지 않았다면 말에서 떨어졌을 것이다. 옆에서 질주하던 측근이 간신히 왕의 어깨를 잡아 지탱하면서 오른손에 든 검으로 적의 소총을 막으려 한다. 다른 측근 한 명도 접근해 오고 있으므로 왕이 화면 오른쪽 아래의 남자처럼 적에게 목을 베이지는 않을 것이다.

결국 극히 소수를 제외하고 적도, 아군도 구스타브의 죽음을 알지 못한 채 교전을 계속하였고 뤼첸 전투는 스웨덴의 대승으로 끝났다. 그러나 가장 중요한 존재인 왕을 잃었으므로 진정한 승리라고는 말할 수 없었다. 이후 스웨덴은 그 전처럼 30년 전쟁을 이끌어갈 수 없게 되었다.

구스타브 아돌프는 어릴 적부터 부왕의 기대를 한 몸에 받았고, 10세의 나이에 국정 회의와 군사 훈련에 참가하였다. 16세에 왕위를 계승받자, 무기 공장을 지어 총포를 개량했고 다른 나라보다 먼저 징병에 의한 상비군을 중심으로 군제를 시행했으며 엄격한 규율을 마련하였다. 유럽 최강이라고 일컬어진 국민군◆을 이끌고 덴마크, 러시아, 폴란드와 싸워 백전백승을 거머쥐었다. 이에 따라 합스부르크 가문의 북상을 저지하겠다는 명목으로

---

◆ 【역주】 구스타브 아돌프는 왕위에 오르자마자 국가 개혁을 주도하였다. 그가 가장 중시하였던 분야는 교육과 군대였다. 특히 개량된 교육으로 길러진 인재들을 징병함으로써 한 국가의 국민만으로 구성된 '국민군'을 양성하였다. 이는 노예나 용병을 고용하였던 기존의 주류 방식과는 다른 것이었다. 국민군은 구스타브가 고안한 군제 및 군사 작전들과 시너지 효과를 발휘하여 강력한 군대로 성장할 수 있었다.

30년 전쟁에 참전해 독일로 진격한 것이었다.

전장에서 항상 선두를 달리던 용맹한 왕이 하얀 어둠을 가르고 날아온 총탄에 쓰러졌을 때, 그의 나이는 불과 37세였다. 20년, 아니 10년이라도 더 오래 살았다면 발트해를 중심으로 한 하나의 대제국을 건설하겠다는 그의 야망이 실현되었을지도 모른다. 만약 그랬다면 현재의 유럽 지도도 완전히 달라졌을 것이다.


## 유명한 용병대장
## 발렌슈타인의 암살

구스타브 아돌프가 전사한 지 2년 후, 발렌슈타인도 50세의 나이로 목숨을 잃었다. 이를 소재로 삼아 독일의 역사화가 칼 본 필로티(Karl von Piloty, 1826-1886)는 〈발렌슈타인의 암살〉을 그려냈다.

본 작품의 정식 제목은 〈발렌슈타인의 시신 곁의 세니〉다.

세니(=기안 바티스타 제노)는 발렌슈타인의 개인 점성술사다(그런 시대였다). 그는 모자를 양손으로 꼭 쥐고 고용인의 시체를 내려다보고 있다. 구전에 따르면 세니는 발렌슈타인에게 "1634년은 불길한 별이 보이니 조심하라"며 세 차례나 충고했다고 한다. 그러나 한편으로 세니가 암살에 관여하였다는 소문도 있다. 그의 복잡한 표정은 도대체 무엇을 말하는 것일까? 판단은 감상자의 몫이다.

이곳은 발렌슈타인이 거처하는 성이다. 그는 쓰러지면서 반질반질한 비단 테이블보를 잡아당긴 듯하다. 가늘고 뾰족한 검에 찔렸는지 가슴과 배에 희미한 핏자국이 배어난다. 오른손에는 반지가 빛나고, 테이블 위에는 화려한 촛대, 서적, 보석상자, 점성술용 천구본(天球本, 전갈자리나 사자자리 등이 보인다)이 확인된다. 호화로운 생활을 누린 모습이다. 용병이라고 하면 일반적으로 '보수만 높으면 어느 진영이든 따르고 죽음을 두려워하지 않는 유랑자'라는 이미지가 강하다. 용병대장 역시 천하고 상스러운 전쟁청부업자처럼 여겨지는 편이고 실제로 그러한 사례도 분명 많지만, 발렌슈타인은 조금 달랐다.

가난한 보헤미아 소귀족의 아들 알브레히트 폰 발렌슈타인은 부모의 신앙에 따라 처음에는 개신교였다가 나중에 가톨릭으로 개종하고 신성 로마 제국군에 들어갔다. 앞서 설명한 보헤미아의 반란을 훌륭히 진압하였고, 이때 반란자들에게서 빼앗은 영토와 재산으로 출세하였다(마지막에는 공작이 되었다).

여기서부터 더욱 대단한 이야기인데, 발렌슈타인은 황제의 허가를 얻어 본인의 군대도 가지고 있었다. 3만 명의 용병을 모아 용병대장이 된 것이다. 게다가 황제군의 총사령관으로 임명받기까지 했다. 이러한 행태를 황제가 용인할 만큼 발렌슈타인의 수완이 걸출하였다고 할 수 있다.

자기 군대의 용병 군사들이 헛되이 죽게 하지 않을 방법도 고안했다. 우선 용병들에게는 일체의 약탈행위를 금지하고 높은 급료를 주었다. 군자금의 출처는 각 주둔지의 도시나 마을이었다. 적군으로부터 보호해 주는 대신 '면제세'를 내라고 교섭한 것이다. 마치 조직폭력배가 일반인에게 신변 보호

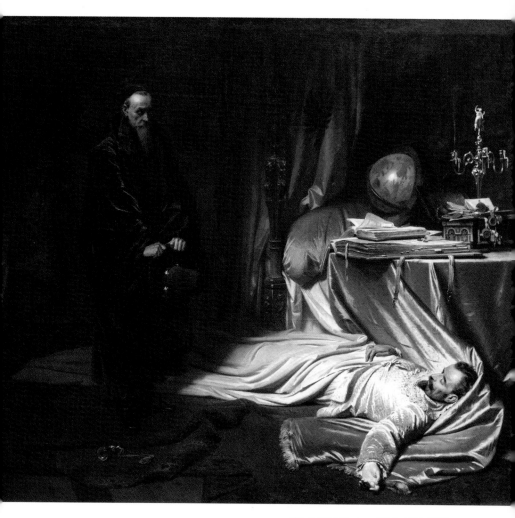

카를 본 필로티(Karl von Piloty, 1826-1886)
〈발렌슈타인의 암살〉, 1855년, 캔버스에 유채, 312×365cm, 노이에 피나코텍

를 빙자하며 돈을 뜯어 가는 모양새와 비슷하지만, 실제로 적으로부터 보호해 주었기에 주민들이 고마워했다고 한다. 다만 제후나 다른 군인들의 입장에서는 좋게 보이지 않았고, 황제는 지나치게 강력해진 신하에게 위기감을 느끼기 시작했다. 10년 즈음 지나 전쟁이 일단락되어 가자 도리어 발렌슈타인은 추방당했다.

그런데 2년도 채 안 돼서 전황이 바뀌기 시작했다. 구스타브 아돌프의 참전으로 황제군의 패색이 짙어진 것이다. 황제는 발렌슈타인에게 복직을 간청했고, 비밀리에 엄청난 대가를 약속하였다고 한다. 그다음 해에 뤼첸 전투가 벌어졌다. 전투는 패배했지만 구스타브 아돌프를 쓰러뜨렸으므로 황제에게는 승리나 다름없었다. 이제 황제는 발렌슈타인이 필요 없어졌고 그에게 약속했던 대가를 주기도 아까워졌다. 이 때문에 자객을 보낸 것이라고 전해진다.

그러나 뤼첸 전투 후 발렌슈타인의 동향에 대한 수수께끼도 많다. 그는 스웨덴과의 본격적인 전쟁을 피하고 독단으로 화해 공작을 펼치고 있었던 것 같다. 보헤미아 왕위를 노리고 있었다는 의혹도 있다. 또한 가톨릭은 명목일 뿐이고, 개신교를 완전히 버리지 못했다는 이야기도 있다(프랑스 앙리 4세의 사례를 보면 충분히 그랬을 수 있다). 황제뿐만 아니라 보헤미아 귀족과 로마 교황까지도 적으로 돌린 야심가의 결말은 결국 죽음이었다.

뛰어난 용병대장이 암살당한 후, 프랑스가 대대적으로 전쟁에 개입하였다. 30년 전쟁의 결과 부르봉 가문은 이겼고, 합스부르크 가문은 졌으며, 독일의 일반 대중은 최대의 피해자였다고 정리할 수 있다.

## 학살, 능욕, 방화, 매달기형<sup>✦</sup>……
## 그려지는 잔혹 행위

이 시대까지도 용병은 군대의 핵심이었다(구스타브 아돌프조차도 부족한 병력은 용병을 추가로 고용해 보충하고 있었다). 발렌슈타인은 엄격히 금지했었지만 다른 용병대장들은 일정 수준까지의 약탈 행위를 묵인하지 않을 수 없었다. 애초에 용병들은 저렴한 임금 때문에 목숨을 걸고 싸우기보다 약탈 행위로 한밑천 잡는 것을 더 선호했다(현대의 용병과는 다르다). 너무 엄하게 단속하면 용병은 약탈을 묵인해 주는 곳으로 옮겨 버리면 그만이었다.

적의 재산을 빼앗는 일에 죄책감은 없었다. 게다가 종교까지 얽히면, 적을 악마로 간주하여 더욱 심한 잔학 행위가 서슴지 않고 이루어졌다. 교회와 수도원이 습격당하거나 방화되고, 사제가 학살되고, 수녀가 능욕당하는 것은 바로 그 때문이었다.

루이 13세의 궁정 판화가 자크 칼로(Jacques Callot, 1592-1635)는 30년 전쟁에 종군하여, 자신의 눈으로 본 여러 가지 비참한 상황을 연작 동판화집 〈전쟁의 참화〉로 정리해 발표했다.

---

✦ 【역주】중세 시대의 고문 혹은 형벌 방법이다. 공중에 매달린 죄인을 갑자기 떨어뜨렸다가 땅에 닿기 바로 직전에 멈추는 행위를 계속함으로써, 온몸의 관절을 으스러뜨려 극심한 고통을 주고자 하였다.

자크 칼로(Jacques Callot, 1592-1635)
〈전쟁의 참화〉 중 '교수형', 1633년, 종이에 동판 인쇄, 뉴사우스웨일스 미술관

금세 유럽 전역에서 좋은 평판을 받은 그 판화집의 내용은 각각의 제목으로 상상해 볼 수 있다―'군적 등록', '전투', '여성 능욕', '수도원 강탈', '촌락 약탈과 방화', '승합마차 습격', '악당들의 탐색', '매달기형', '교수형', '총살', '화형', '차륜형', '시료원(施療院)', '구걸과 죽음', '농민의 복수', '보수 분배'.

용병은 소속 군대를 골라 등록하고 싸우는 과정에서 온갖 잔학 행위를 벌였고, 높은 분들에게 거슬린다는 이유로 형벌에 처해지거나, 상처나 질병으로 구걸하는 신세로 전락하거나, 농민에게 앙갚음당하는 등의 일생을 보냈다. 그러나 용병을 쓰고 버리는 장기말로 취급했던 대장급은 왕으로부터 포상을 받았던 세태에 대해 통렬한 사회비판을 담은 연작이었다.

'교수형'을 예로 들어보자.

군에서는 가끔씩 차마 눈 뜨고 볼 수 없는 잔학 행위를 저지른 용병 혹은 적을 상대하다가 도망친 병사를 본보기로 처형함으로써 사람들의 분노를 달랬다. 그중 하나가 커다란 나무를 활용한 교수형이다.

도망칠 수 없도록 주위에서는 공격 태세를 단단히 갖추고, 사형수의 옆에는 큰 핼버드(창에 도끼를 달아놓은 무거운 무기)를 쥔 군인이 서 있다. 성직자가 마지막 고해를 듣고 소리 내어 기도한다. 사다리에 올라 십자가를 들이미는 성직자도 있다. 피고는 속옷 차림이 되어, 그때까지 입고 있던(아마 누군가에게 강탈했을) 겉옷과 모자를 벗어야 한다. 화면 중앙 부근에 벗은 옷가지들이 총검과 함께 산더미처럼 쌓여 있다. 커다란 나무 아래 그루터기에서 처형인 두 명은 주사위를 던져 누가 어떤 옷과 무기를 가져갈 것인지 내기하고 있다(예수 책형을 그린 엘 그레코(El Greco, 1541-1614)의 〈그리스도의 옷을 벗김〉을 연상케 한다).

보통의 일상을 보내고 있던 사람들에게 용병이 얽힌 전쟁은 한낱 재앙에 지나지 않았다. 또 한편으로 전쟁 덕분에 한몫을 잡아 자본가로 성장한 사람도 있었다. 먹고 살기 어려워진 빈민이 용병으로 나서는 경우도 많았던 건 이 때문이다. 전쟁이 길어질수록 그만큼 재앙도 불어났다.

# 6장

---

# 대화재와 회화,
# 서양인이 그린 '에도의 꽃'

예로부터 화재는 인간의 생활을 위협했고,

많은 화가들이 그 모습을 그려 왔다.

이번 장에서는 '산불', '런던 대화재', 그리고

'에도(江戸)의 메이레키(明曆) 대화재'를 소재로 삼은

그림을 이야기한다.

**피에로 디 코시모** Piero di cosimo, 1462-1522

〈숲속의 화재〉, 1488년, 판넬에 유채, 71×203cm, 애슈몰린 박물관

# 산불로 드러나는
# 서양의 어둠 '수간(獸姦)'

최근 세계 각지에서 대규모 삼림 화재에 대한 뉴스가 속출하고 있다. 물론 인류가 등장하기 이전부터 산불은 번개나 건조한 날씨 등으로 인한 자연 발화로 자주 일어났다. 이를 화재, 즉 불(火)의 '재앙(災)'이라고 부르게 된 것은 어디까지나 인간에게 재앙으로 인식되었기 때문이다. 산에 불이 나더라도 비옥한 땅으로 만들기 위해 일부러 불을 지른 경우에는 화재가 아니다(물론 새, 짐승, 벌레들에게는 재난일 것이다).

산불을 그린 작품은 놀랄 만큼 적다. 화산 분화를 소재로 한 회화는 많은 것을 보면 물만큼이나 불도 화가의 창작 의욕을 자극하는 요소임이 틀림없는데 어찌 된 일일까? 신의 노여움을 연상케 하는 요란한 광경이 아니기 때문일까? 아니면 단지 화가가 산불을 마주할 확률이 적어서일까?

초기 르네상스의 이탈리아 화가 피에로 디 코시모(Piero di cosimo, 1462-1522)는 폭이 2m나 되는 작품 〈숲속의 화재〉를 제작하였다.

동시대 사람들로부터 괴짜로 불린 피에로이기에 산불을 테마로 선택한 것일지도 모른다. 그가 실제로 산불을 본 적이 있었는지는 알 수 없다. 참으로 현실성 없고 기묘한 풍경이지만 또 재미있는 작품이다.

피에로는 고대 로마 시인 루크레티우스의 『사물의 본성에 관하여』를 바탕으로, 인간이 불에 대한 두려움을 극복하고 불을 이용하는 기술을 익힘으로써 문명이 생겨났다는 논리를 그림으로 그렸다고 한다. 숲 바로 앞에서 진화(鎭火) 활동 중인 남자는 두려움을 극복한 예고, 중경 오른쪽에서 가죽 겉옷을 입고 소를 모는 남자는 문명화의 예로 보인다. 또한 2세기에 멸종된 유럽 사자 한 쌍을 그려 넣어 그림 속 오랜 세월의 흐름을 보여주고 있다.

화면 중앙에 활활 불타는 숲이 있다. 숲속 깊은 곳의 수목들은 장작이나 다름없고, 왼쪽이든 오른쪽이든 위에서 검은 연기가 피어오르며 많은 새들이 둥지를 버리고 날아간다. 후경에서는 동물들도 줄행랑을 치고 있다. 전경에는 사자, 곰과 그 새끼들, 소, 사슴, 돼지, 독수리 등 가축과 들짐승 모두 산불로부터 도망쳐 나와 안도한 모습이다.

숲은 이렇게나 많은 동물과 새를 품고 있었다. 산불이 일어나지 않았다면 결코 사람 눈에 띄지 않았을 생물들까지 밖으로 나왔다. 중경에서 약간 왼쪽으로 치우친 지점을 보면, 숲 가까이에 돼지 두 마리가 있다. 놀랍게도, 그중 한 마리는 사람의 얼굴을 하고 있다. 둥글고 귀여운 얼굴은 지긋이 감상자 쪽으로 시선을 둔다. 그 바로 앞에서 나무 위 독수리를 올려다보는 사슴의 옆모습도 사람 얼굴이다. 피에로의 시대에는 수간을 통해 태어난 새끼가 이런 모습일 것이라고 생각하였음에 틀림없다.

사람 얼굴을 한 돼지(人面豚)
《숲속의 화재》 확대

수렵민족인 유럽 제국에서 수간이 지속적으로 문제시되고 있었던 사실은 중세의 동물재판기록에서도 분명히 확인할 수 있다. 인간의 상대가 된 동물까지 유죄로 처형당하는 사례가 다수 나타난다. 그리고 (심지어!) 지금도 유럽연합(EU) 가맹국의 절반이 수간에 관한 형법을 규정하고 있다(일본에는 없다♣).

2015년 덴마크가 뒤늦게나마 수간 금지법을 제정했는데 그 이유는 충격적이었다. 덴마크에서는 아직 법이 없어서 체포되지 않는다며 다른 나라의 동물성애자들이 몰려들었기 때문이었다. 동물보호단체에서 이 문제를 공론화하면서 공식적인 법이 정비되었다고 한다.

♣ 【편집자주】 동물 성 학대는 나라나 문화와는 상관없이 고대부터 있었다. 유럽의 경우 성도덕에 대한 잣대가 완화되면서 범죄 행위로 보지 않는 경향이 있었으나. 근래 들어 동물이 자신의 목소리를 낼 수 없다는 존재임을 근거로 동물과의 성관계를 동물 학대로 규정하고 처벌한다. 그러나 한국과 일본의 경우 성 학대로 동물을 죽음에 이르게 하거나 신체적 상해를 입힐 경우 동물 학대로 처벌하고는 있으나. 성행위 자체를 금지하는 소위 '수간 금지법'은 제정되어 있지 않다.

세상은 넓고 수많은 층위가 존재하며, 그 사각지대에는 깊은 어둠이 숨어 있다.

피에로가 그린 것처럼, 산불이라는 재앙으로 인해 인간의 얼굴을 한 짐승이 태양 아래에 모습을 드러냈다. 하나의 어둠이 수면 위로 떠오른 것이다. 코로나 재앙을 겪고 있는 지금도 전 세계의 수많은 어둠이 속속 밝혀지고 있다.


## 빵 가게의 부주의에서 시작된
## 런던 대화재

도시의 화재를 다룬 작품도 살펴보도록 하자.

소위 '세계 3대 대화재'로는 로마 대화재(64년), 에도(현재의 도쿄)의 메이레키 대화재(1657년), 런던 대화재(1666년)를 든다. 에도와 런던의 대화재는 거의 동시대에 일어난 재앙이다. 이즈음의 추정 인구는 에도 50만 명, 런던 40만 명이었다. 참고로 파리가 45만 명이었으니, 에도가 대도시였음은 쉽게 짐작할 수 있을 것이다.

런던 대화재의 원인은 빵집의 부주의한 불사용 때문이었다. 9월 2일 한밤중이었다. 템스강 북쪽, 시벽(市壁)에 둘러싸인 옛 런던(현대의 시티 오브 런던(City of London)에 해당하는 지역)의 가옥들은 대부분이 목조 2층 건물이었고, 좁은 길이 복잡하게 얽혀 있는 데다 막다른 길도 많았다. 아직 중세도시에서 완전히 벗어나지 못했던 것이다. 이와 같은 공간적 특성상

작자미상, 〈런던 대화재〉, 1675년, 판넬에 유채, 27×46.3cm, 런던 박물관

예전부터 —에도와 마찬가지로— 화재는 주기적으로 피고 지는 '꽃'처럼 숱하게 발생했다. 런던 대화재는 강풍까지 불면서 4일간 계속되었고 시벽 안 5분의 4가 모두 불타 버렸다. 소실된 가옥은 1만 3천 호였다고 한다. 불은 시벽 밖(웨스트민트)으로도 번졌으나, 그곳은 부유층 지역으로 벽돌 주택이 많았기 때문에 피해가 적었다.

네덜란드파인 모 화가가 그린 〈런던 대화재〉에는 소형 작품인데도 당시의 모습이 극명하게 묘사되어 있다.

전경에는 수많은 피난민이 보인다. 맨몸으로 템스강 근처까지 도망쳐 와서 나룻배를 기다리고 있다. 이때 나룻배가 —승선료를 몇 배씩 올려 받기는 했으나— 몇 번이고 강을 왕복하며 대활약했다고 알려져 있다. 불길은 밤하늘을 불태우고, 옛 세인트 폴 대성당도 전소하여 무너지기 일보 직전이다.

화면 왼쪽에는 옛 런던교가 강 사이에 놓여 있다. 콘크리트로 만들어진 현재의 런던교보다 조금 더 상류에 가설되었었고, 당시에는 시내와 건너편 강가를 잇는 템스강의 유일한 다리였다.

동아시아에서는 보기 힘든 모습이지만 일찍이 유럽의 돌다리 위에는 모두 건물을 올렸고(졸저『무서운 다리 이야기』(카와데문고(河出文庫)) 참조), 런던교에도 몇 층짜리 가옥이 줄줄이 늘어서 있었다. 그러나 이 그림에서는 무언가 빠진 것 같은 느낌이 든다. 사실 불과 30년 전쯤에 화재가 일어나 다리 위 건물 중 3할이 불타 무너졌고 아직 완전히 재건되지 않은 상황이었다. 그런데 이는 오히려 새옹지마가 되어, 다행히도 무게와 열로 인한 붕괴를 면할 수 있었다.

화면 오른쪽에는 런던탑이 있다. 보면 알 수 있듯이, 명칭과 달리 단독으로 된 '탑(tower)'이 아니다. 견고한 성채에 둘러싸여 크고 작은 13개의 탑을 거느린 약 7.2헥타르 부지의 대요새로서 정식 명칭은 '국왕 폐하의 궁전이자 요새'♣이다. 왕가 대대로 내려진 보물도 보관되어 있다.

왕실의 소중한 런던탑을 구하기 위하여 스튜어트 왕조의 제3대 국왕이었던 찰스 2세는 그을음에 얼굴이 까매지면서도 직접 진화 작업에 임했다(당시에는 에도에서 그랬던 것처럼 집을 때려 부숨으로써 연소를 막는 방법밖

---

♣ **【편집자주】** 엘리자베스 2세 여왕이 워낙 오래 재위한 관계로 원서(2022년 12월 출간)에는 익숙한 '여왕 폐하 (Her Majesty)의 궁전이자 요새'라고 표현했으나, 여왕의 서거 후 찰스 3세가 영국의 국왕으로 등극하자 '국왕 폐하(His Majesty)의 궁전이자 요새'로 부르고 있다.

에는 별다른 수가 없었지만). 그 넉분인지 곧바로 불길이 둔해졌고 런던탑
은 기적적으로 상처 하나 없이 무사했다.

청교도 혁명으로 부왕 찰스 1세가 처형당하고 크롬웰의 독재가 끝날 때까
지 망명 생활을 하던 찰스 2세가 왕정복고(王政復古)한 지 6년째 되는 해
였다.

그는 '유쾌한 왕(the Merry Monarch)'이라는 별명대로 극장 재개 등 런던에
오락을 부흥시켰는데, 대화재가 일어나기 한 해 전에 페스트가 맹렬한 기
세로 번지기 시작하자 이러다가는 모처럼의 인기가 시들해질까 우려했다.
그런데 유쾌한 왕 찰스 2세에게 행운마저 따라주었는지 이 대화재로 페스
트가 종식되었다. 더구나 대화재로 인한 사망자 수가 극히 적었다는 사실
이 나중에 밝혀졌다(공식적인 수치로는 5명!).

이러한 상황 속에서 화재 이후의 부흥은 필연적이었다. 중세의 어수선한
거리를 전면 개조하면서 벽돌 건물을 지었고, 이때부터 런던은 근대 도시
로 다시 태어나기 시작했다.

영국에서는 1666년을 '경이로운 해'라고 부르기도 한다. 페스트로 케임브리
지 대학이 폐쇄되면서 고향에 돌아온 뉴턴이 만유인력의 법칙을 발견한 해
였기 때문이다. 여담이지만, 이 대화재가 방아쇠가 되어 세계 최초의 화재
보험회사가 런던에 창설되었다(1681년). 말 그대로 전화위복(轉禍爲福)이
되었다고 할 수 있다.

아르놀뒤스 몬타누스, 「동인도회사견일사절기행」 삽화
〈메이레키 대화재〉

## 네덜란드 선교사가 그린
## 메이레키 대화재

한편 일본에도 메이레키 대화재가 그림으로 남아 있다. 네덜란드의 선교사
이자 역사학자인 아르놀뒤스 몬타누스가 1669년에 간행한 『동인도회사견일
사절기행』에 삽입된 도판 〈메이레키 대화재〉가 바로 그것이다.

건물이나 의복의 기묘함, 머리카락과 얼굴에서 느껴지는 커다란 위화감.

이것이 정말로 일본과 일본인을 묘사한 것이라니 쓴웃음이 날 지경이다. 몬타누스는 한 번도 일본에 방문하지 않았고, 듣고 적은 내용을 삽화가에게 전달하여 그리게 하였으므로 이러한 비현실적 그림이 나올 수밖에 없었을 것이다. 그렇다고는 하나 소용돌이치며 맹렬히 달려드는 불길에 대한 두려움은 충분히 전달되며, 소방원들이 사다리를 타고 지붕에 올라가 집을 때려 부수는 모습은 자못 현실성이 있다.

런던과 달리 메이레키 대화재는 낮에 발생하였다. 1657년(메이레키 3년) 1월 18일 오전 8시경의 일이었다. 3개월 가까이 비가 내리지 않아 공기도 매우 건조하였고 강풍이 불고 있었기에 만약 불이 나면 잠시도 버티지 못할 상태였다. 화재는 3일간 계속되었고 소실 면적은 2,574헥타르(런던 대화재 때는 176헥타르), 사망자는 5만 명에서 15만 명으로 추정되고 있다. 에도성의 성루(城樓)도 불타서 무너졌다. 무엇과도 비교할 수 없는 참상이었다.

당시는 도쿠가와(德川) 막부의 제4대 쇼군 이에츠나(家綱)의 치세였다. 그는 역사상 존재감이 없는 쇼군이었고, 찰스 2세처럼 훌륭한 퍼포먼스는 없었지만 견실하고 묵묵히 에도의 부흥을 위한 자금을 원조하였다. 다만 사람들의 관심은 쇼군보다 대화재의 원인 규명에 쏠렸다. 메이레키 대화재의 별칭은 '후리소데◆ 화재(振袖火事)'다. 이 대화재를 공포 이야기처럼 말하기를 선택한 것이다.

---

◆ 【역주】젊은 미혼 여성이 입는 기모노 종류이다. 긴 소매와 화려한 무늬를 특징으로 한다.

화재의 원인은 현재 도쿄 혼고(本鄕)에 위치한 절인 혼묘지(本妙寺)였다. 어쩌다가 이 절에 불이 났을까? 그 사정은 다음과 같았다.

거상의 딸인 16세의 우메노(梅乃)는 혼묘지의 시동에게 첫눈에 반하였다. 우메노의 어머니는 이루어질 수 없는 사랑에 괴로워하는 딸을 걱정하여 시동이 입고 있던 것과 똑같은 무늬의 후리소데(振袖)를 만들어 주었다.

우메노는 그 후리소데를 꼭 끌어안은 채 떨어지지 않았고, 전보다 병증이 더 악화되어 결국 죽고 말았다. 어머니는 우메노의 관에 후리소데를 덮어 장례를 치른 후 그것을 혼묘지에 넘겼다. 절에서 공양을 위해 후리소데를 태우려고 하자 갑자기 여인의 형체처럼 일어나 타오르더니 에도 전체를 불태워 버렸다고 한다.

옛말에 '화재와 싸움은 에도의 꽃'✦이라 하였다.

일본인은 후리소데 화재에도 불구하고 변하지 않고 나무와 종이로 계속 집을 지었다.

---

✦ 【역주】에도의 특징을 묘사한 일본 속담이다. 에도는 예로부터 화재가 많이 일어났고, 유독 성미가 급한 에도 사람들 사이에서 크고 작은 싸움이 자주 일어난 점에서 기인하였다.

# 7장

---

# 파도처럼 반복되는
# 페스트의 공격

로미오와 줄리엣의 비련을 불러 온 것은
페스트의 만연이었다—
유럽 각국은 수없이 페스트의 위협을 맞으며,
도시 인구의 상당수를 잃을 정도의 막대한 희생을 치렀다.
화가들은 비극 속에서도 강력하게 일어서는
인간의 영위 역시 기록했다.

**미셸 세르** Michel Serre, 1658-1733

〈마르세유 페스트〉, 1720년, 캔버스에 유채, 125×201cm, 앳거 박물관

# 『로미오와 줄리엣』의 엇갈림에도
# 역병이 있었다

코로나 재앙으로 운명이 뒤바뀐 연인들은 과연 이 세상에 얼마나 많이 있을까? 그중에는 로미오와 줄리엣처럼 최악의 사태에 처한 사례도 있을지 모른다.

셰익스피어는 16세기 말 비극 『로미오와 줄리엣』을 완성하였다. 런던에는 1582년부터 1609년에 걸쳐 5차례의 페스트 유행이 있었고, 극장도 개막과 폐쇄를 되풀이하고 있었다. 이 비극의 무대가 14세기 베로나라는 설정은 그 무렵 이탈리아에서도 페스트 재앙이 한창이었던 점에 비롯했다.

이야기 막바지에 로미오가 도시에서 추방되고, 줄리엣은 부모가 정한 상대와 결혼하게 될 위기에 처하여 신부와 상의한다. 신부는 이틀 정도 가사 상태가 되는 약을 줄리엣에게 주고, 그녀는 이를 마시고 죽은 사람으로 취급되어 묘소에 들어가게 된다. 신부는 다른 신부에게 편지 전달을 부탁하여 로미오에게 이러한 경위를 알리고자 한다.

그런데 편지를 전해주기로 한 신부가 로미오에게 가던 도중 페스트 환자와 접촉하여 갑자기 며칠 동안 격리되는 사건이 발생한다. 다른 누군가에게 편지 전달을 부탁할 수도 없게 된 것이다. 결국 로미오는 가장 중요한 정보를 알지 못하였고, 줄리엣이 정말 죽었다고 생각하여 그녀의 곁에서 독을 삼킨다.

이윽고 눈을 뜬 줄리엣 역시 죽은 로미오를 발견하고 자신의 몸을 검으로 찌른다. 신부가 묘소에 도착했을 때 젊은 연인들은 이미 차가운 시체가 되어 있었다.

―휴대폰이 없는 시대의, 아니 역병이 가로막은 시대의 비련이 아닐 수 없다.


## 페스트 검역소를 그린 회화

페스트가 14세기 유럽에 남긴 무시무시한 상흔은 앞서 4장에서 다루었다. 이후 각지의 항만도시가 매우 신경질적으로 돌변하게 된 것도 무리는 아니다. 인파와 물류가 활발하게 이동하는 장소이니만큼 페스트도 함께 실려 올 수 있기 때문이다.

120개의 섬들로 구성된 아름다운 물의 도시 베네치아도 페스트의 위협에서 벗어날 수 없었다. 14세기 후반, 유럽 최초의 검역소가 베네치아 본섬으로의 입구 쪽에 있는 작은 섬, 라자레토 누오보에 건설되었다. 아직 페스트의 원인과 치료법이 전혀 밝혀지지 않았던 시대임에도 불구하고, 발병할 때까지 잠복기가 있고 환자와 건강한 사람을 분리해야 예방이 된다는 사실을 경험으로 체득하였기 때문이다.

프란체스코 티로니(Francesco Tironi, c.1745–1797)
〈검문도(檢問島) 라자레토 누오보〉, 1778–1779년, 종이에 연필과 잉크
28.4×42.1cm, 워싱턴 국립 미술관

이탈리아의 화가 프란체스코 티로니(Francesco Tironi, c.1745–1797)는 연필과 잉크로 〈검문도(檢問島) 라자레토 누오보〉를 그렸다.

18세기 작품이므로 검문소 외에 상품창고 등도 증축되면서 비좁아진 섬의 모습을 확인할 수 있다. 밀폐된 공간이면 공기가 정체되어 페스트가 만연해진다는 발상에 근거하여 창고는 열린 공간으로 지은 것 같다.

베네치아에 들어오는 선박은 모두 이 섬에서 먼저 검역을 받았고 병증이 발현된 자가 있으면 격리 병동에 입원시켰다. 설령 병증을 보이는 사람이 없는 경우라도 배는 40일간(가끔 20일이나 30일인 경우도 있었다) 바다 위에 대기하였다. 이 기간에 새로운 발병자가 나오지 않았다고 확인되어야 비로소 상륙할 수 있었다.

'검역·격리'라는 의미의 영어 'quarantine'은 이탈리아어 '40일(quarantina)'에서 유래했다. 이번 코로나 재앙이 이탈리아에서 폭발하여 처음으로 외출 제한이 내려졌을 무렵, '쿼런티나'라는 말이 사람들의 입에서 자주 오르내렸다는 기사를 읽었다. 역사적 용어가 주는 울림이 공포를 더욱 증폭시켰을 것으로 짐작된다.


## 베네치아 풍경화에 새겨진
## 페스트의 어두운 기억

페스트는 18세기가 되어서도 여전히 유럽 각지를 몇 번씩 급습하며 사람들의 생명을 앗아갔다.

검문하고, 격리하고, 선박에 실렸던 상품에도 바람을 쐬게 하면서, 그 어디보다도 엄격하게 공중위생에 신경 써왔던 베네치아조차 페스트를 막지는 못했다. 1575년부터 1년 이상 계속된 유행으로 인구의 4분의 1이 희생되었고(그중에는 베네치아를 대표하는 천재 화가 티치아노도 있었다), 1630년의 유행은 보다 격심하여 인구의 3분의 1 가까이 감소하였다고 전해진다.

허나 아무리 페스트의 공격에 쓰러지더라도 이 '아드리아해(海)의 여왕'은 반드시 일어섰다. 베네치아 출신의 풍경화가 안토니오 카날레토(Antonio Canaletto, 1658-1733)가 그린 〈베네치아에 도착한 프랑스 대사의 환영〉이 그 증거 중 하나라고 말할 수 있겠다.

이것은 1726년 프랑스 대사가 멋진 곤돌라를 타고 떠들썩하게 베네치아공화국에 도착하여 성대한 환영을 받은 모습을 그린 작품이다. 화면 오른쪽의 웅장하고 아름다운 두칼레 궁전(당시 총독의 관저 겸 정청(政廳)) 발코니에도 사람들이 모여 있다.

사실 이 즈음, 베네치아의 전성기는 이미 지나 있었다. 해양 항로가 대서양으로 옮겨간 탓에 무역 입국의 위상은 서서히 쇠퇴할 수밖에 없었기 때문이다.

그러나 바다에 떠 있는 이 아름다운 도시는 여전히 많은 사람들의 마음을 사로잡았고, 언젠가 물속으로 가라앉을지도 모른다는 독특하고도 위태로운 매력이 계속 빛을 발하면서 각지에서 관광객이 모여들었다. 이것이야말로 본 작품이 호소하는 바였다. 말하자면 "베네치아는 변함없이 반짝이고 있답니다. 언제나처럼 열렬히 여러분을 환영합니다"라는 메시지다.

즉 카날레토의 작품은 지금의 관광포스터와 비슷한 역할도 하고 있었고, 특히 이국의 사람들에게 그의 베네치아 풍경화가 인기였다(본 작품의 소장처가 러시아의 에르미타주 미술관인 것만 봐도 알 수 있다).

화면 원경 중앙에서 약간 왼쪽, 크고 작은 두 개의 돔과 길쭉한 종루(鐘樓)를 껴안은 단정한 건물이 보일 것이다. 베네치아 바로크 건축을 대표하는 산타 마리아 델라 살루테 성당(구제의 성모 마리아 성당), 통칭 살루테 성당이다. 건설이 시작된 것은 앞서 설명한 페스트 대유행의 다음 해인 1631년이었다(완성까지는 반세기 이상이 걸렸다).

안토니오 카날레토(Antonio Canaletto, 1658-1733)
〈베네치아에 도착한 프랑스 대사의 환영〉, 1726-1730년, 캔버스에 유채
181×259.5cm, 에르미타주 박물관

살루테 성당은 페스트 기념 성당으로서 지어졌다. 페스트의 진정을 성모
마리아께 감사드리면서 다시는 창궐하지 않게 해 달라는 기도까지 담았다.
카날레토는 햇빛 아래의 살루테 성당을 그려 넣음으로써 페스트의 어두운
기억을 새기는 동시에 씩씩하게 극복해 낸 베네치아도 함께 보여주었다. 그
의 의도는 당시 사람들에게도 전해졌을 것이다. 지금은 어떨까?
예상치 못한 팬데믹을 겪은 현대인들도 다시 한번 페스트 팬데믹의 기억과
극복의 희망을 떠올릴 수 있을까?

살루테 교회(《베네치아에 도착한
프랑스 대사의 환영》 확대)

## 마르세유의 비극과
## 감염자를 매장한 죄수들

프랑스에서도 최후·최대의 페스트 재앙이 있었다. 1720년 마르세유에서 발
생한 에피데믹(한 국가나 대륙 등 일정한 지역 내에서 감염자가 평소보다
훨씬 많이 발생하는 것)이다.

베네치아와 같은 항만도시였기에, 마르세유도 충분히 주의를 기울이고 있
었을…… 것이다. 그러나 이 경우에는 명백한 '과실'이 인정되고 있다. 아무
리 엄격한 검역법이 정해져 있다 해도 지켜지지 않는다면 없는 것이나 다
름없다. 책임자가 제대로 막아내지 못하면 재앙은 그 틈을 뚫고 몰래 들어
오기 마련이다.

마르세유의 비극은 한 상선으로부터 시작되었다. 시리아에서 출발한 상선이 페스트균에 오염된 면화와 면직물을 가득 싣고 도착했다. 직물류는 위험하므로 곧장 검역을 받아야 하는데도 불구하고 배에서 바로 내려졌다. 선장과 항만 검역책임자의 태만으로밖에 설명되지 않는다. 항구 주변에는 이주민이나 빈민들이 정착해 살고 있었고, 그만큼 건강하지 않은 사람들이 많았다. 따라서 눈 깜짝할 새에 발병자가 나타나 시내에서 주 전역으로 번졌으며 인구 40만 명 중에서 10만 명이 희생되었다.

동시대의 프랑스 화가 미셸 세르(Michel Serre, 1658-1733)는 〈마르세유 페스트〉를 그렸다(7장 표지 그림).

세르는 페스트라는 재앙의 목격자이기도 했기 때문에 묘사가 현실적이고 상황의 비참함을 제대로 전달한다. 화면에는 시체가 도처에 널려 있다. 땅바닥에 방치된 감염자 중 아직 살아 있는 사람도 있는 듯해서 확인도 필요하다. 마스크를 낀 시체 매장인들은 한눈에 보기에도 일하기 싫은 것 같고, 엉거주춤하게 도망치려는 자세를 취한다. 그도 그럴 것이 원래 이들은 죄수다. 다시 말해 강제노동 중이었던 것이다. 총을 든 병사는 그들을 감시하고 있다(화면 오른쪽 끝).

니콜라스 로제
《마르세유 페스트》 확대)

이 그림은 마르세유의 영웅을 그린 작품이기도 하다(본래 제목은 〈투렛 거리의 기사 로제〉). 중앙에서 말을 타고 지휘봉으로 시체 매장인의 어깨를 두드리고 있는 니콜라스 로제가 바로 그 영웅이다. 그는 스페인 왕위 계승 전쟁에서 무훈을 쌓고 루이 14세에게 작위를 받았다. 지금은 고향인 마르세유를 수난으로부터 구하기 위하여, 뜻을 함께하는 사람들(여기에서는 말을 탄 다른 사람들)과 100명 이상의 죄수를 이끌고 투렛 거리의 사망자 1,200명을 매장하는 참이었다. 이처럼 용감한 행위로 인하여 로제는 훗날 브리뇰의 지사까지 되었지만, 죄수들은 대부분 감염되어 죽었다고 한다.

어쨌든 마르세유를 마지막으로 유럽의 페스트 대유행은 거의 종식되었다(5년 후 헝가리를 제외하고). 그러나 이는 역사를 알고 있기에 단언할 수 있는 것이고, 당시 사람들은 언제 또다시 재난이 덮쳐 올지 전전긍긍하며 불안에 떨며 살아야 했다. 그렇기 때문에 이토록 다채로운 페스트 회화가 지금까지 남아 있는 것이라 할 수 있다.

# 8장

—

# 매독의 맹위,
# 역병이 비추는 사회의 어둠

15세기 말부터 유럽에 만연하였던 매독.
당시 성병치고는 증상이 격렬하고 급성이었기 때문에
크나큰 공포를 불러일으켰다.
예술가의 예리한 시선은 역병으로 인하여
한층 그 실루엣이 또렷해진 사회의 어둠까지
냉철하게 그려냈다.

**윌리엄 호가스** William Hogarth, 1697-1764

〈진 거리〉, 1751년, 부식 동판화, 37.9×31.9cm, 대영박물관

# '프랑스병'으로도,
# '나폴리병'으로도 불린 매독

훗날 매독으로 이름 붙은 성병은 15세기 말 유럽의 문헌에 처음 등장하였다. 마침 프랑스군이 이탈리아 나폴리에 침공한 시기에 즈음하여, 군대 귀환과 함께 각지에서 차례로 감염자가 발생했다. 이탈리아는 '프랑스병'으로, 프랑스는 '나폴리병'으로 부르며 서로 비난했지만 많은 가설 중에서도 발생원은 콜럼버스에 의해 신대륙에서 전래되었다는 설이 유력하다.

당시 사람들이 매독의 아웃브레이크(outbreak, 감염증의 돌발적 발생)로 크나큰 혼란에 빠진 것은 성병으로서는 증상이 급성인 데다 격렬했기 때문이라고 전해진다. 에이즈가 발견된 초기에 전 세계가 두려움에 떨었던 것을 떠올리면 쉽게 상상할 수 있을 것이다.

현대에는 매독이 긴 잠복 기간을 가졌으며 네 단계에 걸쳐 천천히 악화되어 가는 병이라고 잘 알려져 있고, 페니실린 등의 치료제도 있기 때문에 감염되면 무조건 죽는 병이라는 이미지는 전혀 없다. 그러나 감염증이 으레 그렇듯, 유행 초기에는 급격히 중증으로 발전되는 양상을 띠었다(만성형으로 변이한 것은 수십 년 후).

즉 '프랑스병' 내지 '나폴리병'은 걸리고 나서 금방, 지금으로 치면 제3단계나 제4단계의 증상을 나타냈던 것이라 생각된다.

치료법도 없었던 이 병은 전신의 발진, 림프절 부종, 격렬한 통증, 안면 변형, 실명, 뇌 장애, 대동맥류 등을 차례로 일으키고 높은 확률로 목숨을 앗아갔다.

# 유럽 최초의
# 매독 감염자를 그린 목판화

그야말로 패닉의 정중앙을 지나고 있던 1496년, 독일 의학서에 아마도 유럽 최초로 매독 감염자의 모습이 실렸다. 바로 독일 르네상스를 대표하는 화가 알브레히트 뒤러(Albrecht-Düre, 1471-1528)가 제작한 목판화 〈매독을 앓고 있는 남자〉다. 복장을 보면 용병으로 추측된다.

유럽은 각국에서 국지전이 계속되어 항상 용병이 필요했다. 그들은 여러 전장을 옮겨 다녔고, 각지의 창부와 관계하며 매독을 전파했기에 '업보병'의 주범으로 여겨졌다. 본 작품은 매독에 걸린 용병의 운명을 보여준다. 이 시대의 천문학은 점성술이자 의술이기도 했다.

멋진 깃털이 달린 모자를 쓰고 빨간 망토를 두른 긴 머리 용병은 뉘른베르크 출신으로 추정된다(양쪽에 그려진 두 개의 뉘른베르크 문장이 그의 출신을 넌지시 암시한다.)

알브레히트 뒤러(Albrecht-Düre, 1471–1528)
〈매독을 앓고 있는 남자〉(스캔본 크롭), 1496년, 목판화, 커티시 웰컴 컬렉션

얼굴, 목, 팔, 넓적다리에 상당히 큰 수포성 발진이 무수히 많다. 이미 전신에 수포가 퍼진 것이 틀림없다. 그의 표정은 아픔을 참아내는 듯하다.

머리 위에는 12개의 별자리가 그려져 있다. 1484라는 숫자는 본 작품이 제작된 연도가 아니라 컨정션(conjunction, 복수의 천체가 근접하여 그 힘이 서로 겹쳐지는 것)의 숫자를 시사한다. 의학서의 저자는 이 용병이 매독에 감염된 이유가 별의 배치가 좋지 않았기 때문이라고 결론지었다고 한다.

한편 만성형으로 변이하기 전까지 급성 매독으로 목숨을 잃은 사람은 얼마나 있었을까? 400년 후 제1차 세계대전 중(아직 페니실린이 등장하기 전이었다)의 매독 사망자(대부분은 병사와 그 관계자)조차 200만 명에서 300만 명으로 추정되고 있으므로, 당시의 참상은 충분히 상상할 수 있다.


## 말년의 렘브란트 작품에 등장한
## 안장코(saddle nose)

17세기 황금시대의 네덜란드에 태어난 천재 화가 렘브란트 반 레인(Rembrandt Harmenszoon van Rijn, 1606-1669)도 말년에 매독에 걸린 남자(《제라르 데 레레스의 초상》)를 그렸다.

그러나 뒤러의 작품과 달리, 렘브란트가 그린 것은 실제로 존재한 동시대 사람이다. 다만 당시에는 그림 대상이 매독에 걸렸다는 사실을 깨닫지 못했을 가능성이 있다.

레레스는 리에주(현재의 벨기에)에서 태어나 21~22세 때 아내와 함께 네덜란드로 이주하였다. 모국어는 프랑스어였기에 처음 네덜란드어를 배우면서 적잖이 고생한 듯하다. 아버지와 형 모두 화가였고 레레스 역시 신화화나 역사화를 특기로 하는 고전파 화가가 되었다. 나중에는 미술이론서도 집필했으며 네덜란드보다 프랑스에서 높은 평가를 받아 '네덜란드의 푸생♦'이라고 불렸다.

렘브란트의 냉철한 눈으로 그려진 레레스는 당시 놀랍게도 25세에 불과했다. 왼쪽 눈 아래의 늘어짐, 입 주변의 발진 내지는 그 흔적 때문에 더 나이 들어 보인다. 슬픈 듯한 눈이 인상적이고 코는 소위 말하는 안장코다. 이것은 유전이나 감염으로 인해 비중격(鼻中隔)이 괴사되면서 콧대가 없어지고 움푹 꺼져 짧아진 것이다.

이 시기에는 아직 선천성 매독(모체 안에서 태반을 매개로 태아가 감염됨)에 대해서 전혀 알려지지 않았기에, 레레스의 병은 후대 의학자가 렘브란트의 그림을 보고 진단하였다. 레레스가 50세에 실명한 사실도 매독설의 또 다른 유력한 증거가 되었다.

---

♦ 【역주】 프랑스의 고전파 화가인 니콜라 푸생(Nicolas Poussin)을 가리킨다.

렘브란트 반 레인(Rembrandt Harmenszoon van Rijn, 1606-1669)
〈제라르 데 레레스의 초상〉, 1665년, 캔버스에 유채,
112.7×87.6cm, 메트로폴리탄 미술관

화가에게 실명은 치명적이다. 그러나 레레스는 불굴의 의지로 교육자가 되어 책을 쓰고 다양한 증상을 견디면서 70세까지 꿋꿋이 살아갔다.

수 세기에 걸쳐 사람들은 매독 치료에 수은이 효과가 있다고 맹신했으므로 레레스도 수은을 사용하였을지 모른다. 모차르트의 급사 원인도 매독 치료용 수은의 과다섭취였다는 설이 있다. 물론 진위는 알 수 없다. 성병은 수치심과 결부되어 있기 때문이다. 이러한 고정관념으로 인해 매독 그 자체보다는 수은이 죽음을 앞당긴 직접적 사인으로 작용하였던 사례는 적잖게 있지 않았던가?

감염된 것이 저명한 사람이라면, 본인은 물론이고 동시대와 후대의 팬들도 사실을 숨기고 싶어 한다. 따라서 그가 매독 감염자였다고 추정된다면, 대부분의 경우 다른 주장이 제기된다. 이를 감안한 상태에서 매독 감염자였던 유명인사를 일단 들어보자면 헨리 8세, 펠리페 4세, 니체, 슈만, 모파상, 보들레르 등이 있다.


## 빈민가 '진 거리'와 살인마 잭

2017년 도쿄와 고베에서 열린 '무서운 그림 전'에서도 매독 감염자(게다가 여성)가 등장한 작품이 걸렸다.

바로 18세기 영국의 인기 화가 윌리엄 호가스(William Hogarth, 1691-1764)의 부식 동판화 〈진 거리〉다(8장의 표지 그림).

본 작품은 주최 측의 기대 이상으로 젊은 사람들에게서 큰 반향을 불러일으켰다. 저렴한 술 종류인 진에 취한 사람들의 비참한 묘사를 보고 현대 일본의 젊은이들은 X(구 트위터)에서 '스트롱제로◆다!'라고 한껏 흥분해서 떠들었다. 정작 필자와 담당자 모두 그때까지 스트롱제로라는, 값싸고 도수가 높아 젊은 사람들을 주요 타겟으로 한 술의 존재를 모르고 있었기 때문에, 이들이 진의 공포를 자기 일처럼 공감하였던 점은 꽤나 놀라웠다.

여기는 18세기 중반 영국 런던의 빈민가 이스트엔드. 이 비참한 상황은 1세기 이상이 흐르도록 바뀌지 않아, 호가스의 이 작품 배경으로부터 130년이 지난 후에도 여전히 극빈층으로 가득하였고 그곳에서 살인마, 잭 더 리퍼가 등장하게 된다. 참고로 '무서운 그림 전'에서는 〈진 거리〉의 맞은편 벽에 살인마 잭의 용의자로 지목되던 화가 지커트의 작품 〈살인마 잭의 침실〉도 전시되었다.

〈진 거리〉로 다시 돌아오자.

호가스는 화면 구석구석까지 이야기를 채워 넣었다. 게다가 그 모든 것은 당시 신문의 보도 기사를 기반으로 한 데포르메였다.

---

◆ 【역주】 일본 산토리에서 출시한 주류 제품이다. 희석식 소주에 탄산수와 과즙을 섞은 '츄하이'의 일종이지만 일반적인 츄하이보다 도수가 높다(9%). 일본 내에서는 저렴한 가격과 높은 도수로 인하여 빨리 취하고자 마시는 술로 유명하다. 이러한 인식이 일본 SNS를 통해 확산되면서 소위 '술 권하는 사회'의 상징이 되었다. 즉 스트롱제로는 가난, 결핍, 불안 등 개인적·사회적 문제를 잠시 잊어버리거나 술김에 가볍게 자조하기 위한 용도의 싸구려 술로 표상되고 있다.

후경에서는 건물이 붕괴되고 있다. 이스트엔드의 부실공사는 이미 유명하다. 벽돌이 떨어지고 있는 곳 부근에 막대기로 내걸린 간판이 있다. 관(棺) 모양으로 보아 장의사임을 알 수 있다. 화면 왼쪽에 세 개의 구슬로 된 간판은 전당포다. 자세히 보면 주인이 입구 앞에서 손님이 가져온 물건을 검사하고 있다. 목수가 작업 도구인 톱을, 주부가 냄비를 전당포에 맡기면서까지 진을 마시고 싶어 하였음을 암시한다.

진을 파는 가게의 간판은 화면 왼쪽 아래와 중경 오른쪽에 보이는 술항아리이다. 가게 앞에는 남녀노소가 모여 북적거린다. 휠체어를 탄 노파부터 아직 10대인 소녀들까지 진을 단숨에 들이킨다. 그중에는 갓난아이에게 진을 마시게 하는 어머니도 있다(우유보다 진이 더 저렴했기 때문에 실제로 섞어서 먹이는 사례가 있었다).

세태가 극도로 황폐해진 사회에서는 아무도 이발소에서 머리를 다듬으려는 생각을 하지 않는다. 화면 오른쪽의 맥주잔 간판 바로 위, 이웃한 건물 안에서 점주가 목을 매고 죽어 있다.

화면 전경에 유난히 크게 그려진 여자 주인공이 계단에 앉아 있다. 여자 주인공이라지만 미녀는 아니다. 술을 마셔 코가 빨개졌고(본 작품의 다른 버전에는 채색한 것도 있다) 치아가 없는 입을 벌린 채 담배통에서 담뱃잎을 꺼내려고 손을 뗀 참이다.

젖을 먹이고 있던 갓난아기가 아래로 떨어지는 위험천만한 상황인데도 전혀 알아차리지 못할 정도로 만취해 있다.

그녀는 이 도시에 많이 살았던, 아이가 있는 창부들 가운데 한 명이다. 툭 튀어나온 다리에 매독의 발진 자국이 뚜렷이 보인다. 아직 제1단계 상태로 통증과 가려움이 없을 수도 있다. 아니면 통증을 달래기 위해서 진을 마시는 것일까? 이윽고 잠복기에 들어서 금방 제2단계가 찾아오고 제3, 제4단계로 진행될 것이다. 호가스는 다른 작품에서도 매독에 걸린 창부가 죽고, 남겨진 아이가 선천성 매독의 증상을 보이고 있는 장면을 그렸다.

살인마 잭이 살해한 4명은 모두 젊지 않은 창부들이었다. 아이가 있는 사람도 있었다. 잭이 창부에게 매독을 옮은 데에 앙심을 품고 범행을 저질렀다는 설도 있다. 이 설이 맞다면 잭에게 매독을 옮기고 그의 손에 희생당한 창부들은 분명 여기에 그려진 여자 주인공과 많이 닮았을 것이다.


## '터스키기 매독 실험'의 어둠

마지막으로 매독과 최근의 코로나 간 관계에 대해서도 적어보고자 한다. 미국에서는 흑인의 백신 접종률이 유난히 적은데, 일부 학자들은 그 이유 중 하나로 '터스키기 매독 실험'을 꼽고 있다.

터스키기 매독 실험은 1932년부터 40년간에 걸쳐 흑인을 실험대에 올린 매독 연구를 가리킨다(연구소가 알라바마주 터스키기에 있었던 데서 따 온 이름이다).

연구 도중인 1942년에 특효약 페니실린이 실용화되었는데도, 이를 숨기고 증상이 어떤 식으로 진행되어 가는지(죽을 때까지) 계속 관찰하겠다는 매드 사이언티스트(mad scientist)들이 주축이 된, 믿을 수 없을 만큼 악랄한 연구였다. 내부 고발자가 등장하여 매스컴에 보도된 것은 1972년이 되어서였다.

그로부터 아직 반세기밖에 지나지 않았다. 당시를 기억하는 사람도 살아 있을 것이다. 따라서 현 정권을 신뢰하지 않는 흑인들의 백신 거부를 해결하려면 우선적으로 정치인과 의사부터 자세를 바로 해야 할 것이다. 이렇게 역병은 사회의 어두운 부분을 들추는 존재다.

# 9장

## 전쟁의 알레고리

우의화

화가들은 영웅들을 찬미하는 회화를 그리는 한편
반전(反戰) 의식과 평화에 대한 염원을 작품에 담았다.
알레고리(추상적 개념이나 사고, 이념의 도상화)의
표현 기법을 사용한 명화는 수백 년이 지난 현재까지도
통하는 보편성을 갖추고 있다.

**바실리 베레샤긴** Vasily Vereshchagin, 1842-1904

〈전쟁예찬〉, 1871년, 캔버스에 유채, 127×197cm, 트레챠코프 미술관

# 회화를 음미하는 묘미

알레고리의 어원은 그리스어의 allegoria다. '다른 무언가를 이야기한다'는 의미다. 번역하면 '우의(寓意)'라고 되는데, 국어사전에서 찾아보면 '다른 일을 빙자하여 어떤 의미를 넌지시 암시하는 것'으로 나온다.

미술 용어로서는 추상적 개념이나 사고, 이념의 도상화를 의미한다. 회화의 표현을 통하여 눈에 보이지 않는 것을 '보이는 형태'로 만드는 방식이기에 의인화나 상징 등을 활용하게 된다. 화가뿐만 아니라 감상자의 교양까지 요구되는 이유다(인상파 이전의 작품이 현대인에게는 난해한 이유도 이 때문이다).

그러나 오직 상류층만 회화 예술을 향유하던 시대에는 화면의 알레고리 해독도 그림을 음미하는 큰 즐거움 중의 하나였다.


## 루벤스의 우의화

전쟁의 우의화를 살펴보도록 하자.

플랑드르 출신의 뛰어난 화가 페테르 파울 루벤스(Peter Paul Rubens, 1577-1640)가 '왕의 화가이자 화가의 왕'으로 칭송되었던 사실은 잘 알려져 있다.

각국의 왕후, 귀족들의 주문이 끊이지 않았고, 또한 당시 유럽 화단에서 틀림없는 '왕'으로서 군림한 사실이 별칭의 유래가 되었다.

루벤스는 안트베르펜에 대공방을 차리고, 종교화, 역사화, 신화화, 초상화 등 장르를 가리지 않고 걸작을 낳았다. 생전부터 현대에 이르기까지 그의 인기는 한 번도 시든 적이 없었다. 귀족은 아니었지만 귀족 같은 말투, 온화하고 성실한 인격, 기품 있는 용모, 당시 교양어였던 라틴어를 비롯해 7개 국어에 정통하였고, 좋은 남편이자 좋은 아버지였으며, 뛰어난 경영 능력, 그리고 그림에 대한 압도적인 재능까지 갖춘 인물이었다.

게다가 루벤스는 한동안 외교 특사로도 활약하였다. 그의 국제적 인기를 신뢰한 스페인 합스부르크 왕조의 펠리페 4세(당시 플랑드르는 스페인령)의 의뢰를 받아 적국 잉글랜드와의 교섭에 힘을 다하였던 것이다. 이에 따라 루벤스는 펠리페 4세와 잉글랜드 왕 찰스 1세에게 각각 기사 작위를 받았다.

그리하여 일련의 평화 교섭을 기념하고자 찰스 1세에게 증정된 것이 다음의 〈평화와 전쟁(마르스로부터 평화를 보호하는 미네르바)〉이다.

화면 중앙에서 약간 왼쪽으로 치우친 부분에 자신의 왼쪽 가슴에서 모유를 쥐어짜 곁의 아이에게 주고 있는 나체 여성이 주인공인 것은 틀림없다. 그녀는 누구일까?

거의 같은 자세로 그려진 루벤스의 이전 작품(〈비너스, 마스와 큐피드〉)에 근거하여 한때 이 이 여성도 사랑의 여신 비너스라고 추측되었다. 또한 평화의 의인화라는 설을 주장한 연구자도 있다. 지금에 와서는 곡물의 수확을 관장하는 농경의 여신 케레스라는 것이 정설이다(이렇듯이 알레고리 해석은 어렵다).

페테르 파울 루벤스(Peter Paul Rubens, 1577-1640)
〈평화와 전쟁〉, 1629~1630년, 203.5×298cm, 캔버스에 유채, 내셔널 갤러리

전쟁에 기아 문제는 반드시 뒤따르기 마련이므로 케레스가 느긋하게 아이,
즉 국민에게 흘러넘칠 정도로 젖을 주는 것은 평화의 증거다.

화면 왼쪽의 여성들도 한 명은 평화로운 시기에나 가능한 노래와 춤으로
흥겨워하고, 다른 한 명은 화려한 허리띠를 두른 채 바구니로 귀금속과 금
으로 된 식기를 옮긴다. 풍요가 돌아온 것이다.

여신 케레스의 바로 앞에 있는 수염 난 남자는 다리가 염소인 반인반수 사
티로스다. 술의 신 바쿠스(=디오니소스)의 열광적인 신자라서 그가 내세
우는 풍요의 뿔에서 와인의 재료인 포도도 보인다. 그 포도잎에 착 달라붙

어 재롱을 피우는 표범에도 의미가 있다. 바쿠스가 아시아에서 포도를 가지고 돌아왔을 때 마차를 끈 것이 표범이었기 때문이다(졸저『명화의 거짓말』, 북폴리오, 2011 참조).

전경 오른쪽에는 등 뒤에 작은 날개가 달린 뒷모습의 큐피드에게 인간 아이들이 말을 걸고 있다(잉글랜드 외교관의 아이들을 모델로 했다고 한다). 큐피드는 사랑의 신으로, 평화가 돌아오니 비로소 사랑도 눈에 보이게 되었다는 의미일 것이다. 그렇게 되면 결혼도 가능해진다. 아이들의 뒤에서 횃불을 들고 있는 것은 결혼식을 선도하는 신 히메나이오스다.

그렇다면 전쟁을 종식시킨 자는 누구일까?

후경 오른쪽, 어두침침한 곳에서 일어나고 있는 일이야말로 중요하다. 화려한 철모를 쓴 늠름한 여성이 오른손에 검을 쥔 남성을 원형 방패로 세차게 밀어붙이고 있다. 전자는 지혜와 전쟁의 여신 미네르바(=아테나), 후자는 군신(軍神) 마르스(=아레스)다. 모두 전쟁을 관장하는 점은 동일하지만 미네르바는 정의의 전쟁을, 마르스는 전쟁의 부정적인 측면을 상징하고 있다. 즉 지혜와 정의가 무모하고 잔혹한 전쟁을 종식시켰다는 알레고리다. 마르스의 뒤에 있는 자는 복수의 여신 알렉토로 추정된다. 그녀도 쫓겨났으므로 전쟁이 끝난 후의 복수도 없을 것이다. 완벽한 해피 엔딩이다.

이외에도 루벤스는 전쟁과 평화의 우의화들을 그렸다. 그중에서도 유명한 것은 본 작품으로부터 8년 후, 이탈리아의 메디치 가문에게서 의뢰받은 〈전쟁의 공포〉다. 네덜란드 독립전쟁의 재점화에 마음 아파하며 제작했다고 한다.

화면 왼쪽에서 두 얼굴의 신 야누스의 문이 열리고(평화로운 때에는 닫혀 있다) 검은 옷을 입은 여성(유럽의 의인화)이 절망하고 있다. 사랑의 여신 비너스가 큐피드와 함께 필사적으로 마르스를 저지하려고 하지만, 군신은 복수의 여신에게 영향을 받아 평화로운 시절의 풍요와 예술을 짓밟고 힘차게 나아간다.

루벤스가 공헌한 평화는 10년도 채 유지되지 못했다. 병을 얻은 그는 병을 얻은 그는 2년 후 병사하기까지 항상 유럽 전역이 다시 전쟁터로 변하는 어두운 미래를 우려하였다.

평화란 전쟁과 전쟁의 틈 사이에 주어지는 잠깐의 은총에 지나지 않는 것일까?


## 러시아의 반전주의 화가와
## 일본의 관계

루벤스가 죽은 후 2세기가 지나 제작된 작품이 9장의 표지 그림, 러시아에서 가장 저명한 전쟁 화가이자 일본과도 적잖은 인연이 있는 바실리 바실리예비치 베레샤긴(Vasily Vereshchagin, 1842~1904)의 〈전쟁예찬〉이다.

로마노프 왕조 하의 제정 러시아에서 태어난 베레샤긴은 페테르부르크 해군사관학교를 나와 군인이 되었으나, 회화를 향한 열정을 단념하지 못하고 제국예술원에 재입학했다.

페테르 파울 루벤스(Peter Paul Rubens, 1577-1640)
〈전쟁의 공포〉, 1637~1638년, 206×342cm, 팔라초 피티

곧이어 파리에서 유학하였고 러시아에 돌아온 후에도 세계 각지를 떠돌며 이국의 풍속화를 그렸으며 종군 화가로도 활동했다. 그는 항상 전쟁을 그리려면 쌍안경으로 들여다볼 뿐만 아니라 병사와 똑같이 굶주림, 질병, 부상까지 경험해야 한다고 주장했다(이를 뒷받침하듯이 러시아-튀르크 전쟁에서는 중상을 입었다).

이와 관련한 에피소드도 남아 있다. 전시특파원의 목격담인데, 발칸반도의 격전지에서 총알이 난무하고 수많은 병사들이 총에 맞아 쓰러지는 와중에 베레샤긴은 전쟁터를 전망할 수 있는 장소에 작은 접이식 의자를 하나 두고 스케치를 계속하였다고 한다. 아무리 해군학교에서의 훈련이나 실전 체험이 있었다고 하지만 그는 타고나기를 겁이 없었던 것이다.

전쟁을 테마로 한 여러 작품 중에서두 '투르키스탄 전쟁' 시리즈가 세계적으로 잘 알려져 있다. 이는 런던의 전람회에 출품되어 각국의 평론가들로부터 큰 주목을 받은 덕분이다. 그 시리즈 중 1점이 〈전쟁예찬〉으로, 베레샤긴의 대표작이기도 하다. 당시에도 참신함으로 좋은 평판을 얻었고 150년이 지난 지금까지도 공고하다. 현대 화가가 그린 아프간 전쟁의 알레고리라고 해도 위화감이 없지 않은가? 시공을 초월한 보편성을 지니고 있기 때문이다.

이 작품의 액자에는 '과거, 현재, 미래를 모두 정복한 자에게 바친다'는 화가가 직접 쓴 명문(銘文)이 적혀 있다. 그 통렬한 조소로부터 알 수 있듯이 그는 ─비록 러시아 군인의 영웅적 행위를 수없이 그렸지만─ 반전주의자였다. '화가로서 몸과 마음을 다해 전쟁을 비난한다'라고도 이야기했다. 그런데 왜 전쟁화를 그렸는지 묻는다면, '전쟁에 대한 분노에 사로잡혀서'라고 대답할 수 있다.

〈전쟁예찬〉의 무대는 러시아의 침공으로 불바다가 된 투르키스탄의 전장이다. 저 멀리 낮은 산맥, 곳곳에 붕괴된 시벽과 가옥, 다 쓰러져 가는 탑이 보인다. 대지에는 풀 한 포기, 나뭇잎 한 장조차 없다. 푸른 하늘에는 까마귀만 불길하게 날고 있다.

'정복자'에게 '바치는' 물건은 화면 중앙에 산더미처럼 쌓여 있다. 자세히 보면 이 두개골들 모두 의외로 개성적이라서 놀랍다. 이를 악물고 있거나, 웃는 것처럼 보이거나, 정수리에 자상(刺傷)이 있거나, 거꾸로 감상자를 보고 있다. 중앙에서 약간 아래쪽에 있는 두개골은 커다란 입을 벌리고 있어서 마치 공포에 질려 비명을 지르고 있는 것만 같다.

이미 완전한 백골이 되어 있는데도, 아직 조금이나마 썩은 살이 남아 있기라도 한 것처럼 까마귀들이 무리 지어 부리로 쪼아대고 있다.

베레샤긴은 그 후에도 여행과 종군을 이어 나갔다. 1903년에는 일본에도 방문하여 일본의 문화와 인물을 관찰했다고 전해진다. 일본의 풍속화 시리즈를 그릴 예정이었던 것 같지만, 다음 해인 1904년 러일전쟁이 발발하였다. 그는 군항이 있던 뤼순(旅順)으로 갔고, 그곳의 함대사령관 마카로프 제독으로부터 권유를 받아 페트로파블롭스크호에 올라탔다.

그러나 며칠이 지난 후 이 거대 함선이 일본군의 수뢰에 접촉하면서 선내 화약고에 불이 붙어 폭발하였고 순식간에 탑승자 500명 모두 바다에 가라앉았다(살아남은 군인은 아주 적게나마 있었지만).

소문에 의하면 마카로프 제독의 참모 회의를 스케치한 그림이 파도 사이에 떠다니다가 발견되었다고 한다. 베레샤긴의 마지막 작품으로 전해진다.

매우 흥미롭게도 그의 부고 소식을 알게 된 일본의 나카자토 가이잔(中里介山, 『대보살고개(大菩薩峠)』의 작가)은 아래와 같이 추도문을 썼다. 적국 사람인 것을 떠나 같은 예술가로서 공명하는 부분이 있었던 것이다.

'전쟁의 비참함과 시시함을 가르치려다 전쟁의 희생양이 되다. 예술가로서의 그는 자신의 천직에 기꺼이 목숨을 바친 절고(絶高)의 인격을 가졌도다.'

# 10장

## 천연두의 공포와
## 백신 소동

남미의 아스테카 왕국·잉카 제국 멸망의

주요 원인이 되었다고 전해지며, 오랜 기간에 걸쳐

맹위를 떨친 천연두. 제너가 우두(牛痘)를

발견할 때까지 많은 사람들을 공포에 떨게 하였다.

본 장에서는 천연두와 백신을 둘러싼

역사와 회화 스토리를 살펴 본다.

**어니스트 보드** Ernest Board, 1877–1934

〈1796년 5월 14일, 8세 소년 제임스 핍스에게 첫 백신 주사를 놓는 에드워드 제너〉, 1910년, 캔버스에 유채, 61.5×92cm, 웰컴컬렉션

## 고열, 발진, 동통……
## 주기적으로 덮쳐 오는 천연두의 비극

H. G. 웰스의 소설 『우주전쟁』에서는 화성인의 습격을 받아 인류는 멸망 직전까지 몰린다. 다행히 저지하였지만, 그것은 인간의 지혜에 의한 결과가 아니라 지구에 존재하고 있던 병원균 덕분이었다. 인간에게는 면역이 있으나 화성인에게는 없었기 때문에 적들이 점차 죽어간 것이다.

이 SF소설은 16세기의 아스테카 왕국(멕시코)과 잉카 제국(페루)에 찾아온 잇따른 종말을 떠올리게 한다. 유럽에서 건너온 천연두가 당시 아메리카 대륙에서는 미지의 역병이었기 때문에, 화려하게 번영하던 문명을 너무나 간단히 쓰러뜨린 것이다.

천연두 팬데믹을 다룬 가장 오래된 문헌은 기원전 5세기 아테네에서 찾을 수 있다(투키디데스의 『펠로폰네소스 전쟁사』). 그에 따르면 천연두가 도시 국가 쇠퇴의 원인이 되었다고 한다. 물론 그전부터 이 역병이 존재하고 있었음은 기원전 1,100년대에 죽은 람세스 5세의 미라에서 두창이 발견되었던 사실로부터 잘 알 수 있다.

이집트, 오리엔트, 인도, 로마 제국, 중국에 이르기까지 천연두는 문명을 뒤쫓으며 주기적으로 맹위를 떨쳤고 이윽고 전 세계의 도시로 팬데믹이 확산해 나갔다.

매개 없이도 접촉한 사람들 간에 공기로 감염되는 강력한 감염력, 20~50% 의 높은 치사율, 게다가 그 증상의 잔혹함은 페스트에 버금갔다. 급격한 고열, 얼굴을 중심으로 전신에 무수하게 돋아나는 큰 발진, 동통, 호흡곤란까지. 설령 살아남더라도 실명하거나 얽은 자국이 남았다. 조선 후기 실학자 정약용(丁若鏞)이 눈가의 흉터 때문에 삼미자(三眉子, 눈썹이 세 개인 사람이라는 뜻)라는 호를 쓴 것도, 일본의 유명 장군 다테 마사무네(伊達政宗)✦가 오른쪽 눈을 잃은 것도, 조지 워싱턴이 소위 '곰보 얼굴'이 된 것도, 또한 옛 한국에서 '곰보병'이라고 부르거나 일본 에도시대에 '외모가 정해지는 병'이라는 별칭을 붙인 것도 그 때문이다.✦

다만 천연두는 면역성도 높았다. 즉 한 번 걸리면 두 번은 걸리지 않는다. 그 사실을 깨달은 인도에서는 놀랍게도 기원전 1,000년 즈음 예방을 위한 인두법(人痘法)이 행해졌다. 환자의 고름을 건조해 병독을 약해지게 만든 후, 건강한 인간의 피부에 접종하여 가벼운 병증만 일으키는 것이다. 단, 이 인두법은 2%의 높은 사망률이 난점이어서, 18세기 초엽에는 구미까지 알려졌음에도 좀처럼 대중에 보급되지 않았다.

---

✦ 【역주】16~17세기 일본 전국시대 및 에도 막부 시대의 장군이다. 그는 5세의 나이에 천연두를 앓다가 오른쪽 눈을 잃었는데, 가족에게조차 사랑받지 못한 자신의 모습을 비관하면서 인생 최대의 콤플렉스로 여겼다. 하지만 이 모습은 후대의 일본인들에게 다테 마사무네의 트레이드마크로 인식되며, 그에게 '독안룡(獨眼龍, 한 쪽 눈으로도 용감히 싸우는 무인을 의미함)'이라는 별명을 선물했다.

✦ 한국 관련 내용은 원 저작사의 동의를 얻어 편집자가 작성한 내용이다. 참고 자료는 책 뒤쪽 참조.

그러한 가운데 1768년에 러시아의 여제 예카테리나 2세가 자신과 황태자에게 접종한 일은 실로 앞서나가는 처사였다.

2년 후 덴마크 궁정에서 천연두가 유행하자 시의(侍医) 슈트루엔제의 권유로 두 살짜리 황태자(훗날 프레데리크 6세)가 접종받았다. 궁정 전체가 크게 반대하였고 신학자이기도 한 고문관 등이 '신의 의지에 대한 반역'이라고 규탄했기 때문에 슈트루엔제는 정말로 목숨을 걸고 진언한 것이었다 (이에 관해서는 졸저 『잔혹한 왕과 슬픔의 왕비 2(殘酷な王と悲しみの王妃 2)』, 슈에이샤문고(集英社文庫) 참조).

상기한 두 가지 사례보다 앞서 영국의 조지 2세의 왕비 캐롤라인(현명한 부인으로 명성이 높다)도 어린 두 딸에게 접종시켰으나, 왕위를 계승할 외아들에게도 접종시킬 용기는 없었다. 감염된 후 사망률이 최고 50%라도 해도, 사망률 2%인 인두 접종이 더 무섭게 느껴지는 것이 보통 사람의 마음이다.

그러한 상황을 변화시킨 것이 프랑스의 루이 15세다. 왕실의 초상화가 이아생트 리고(Hyacinthe Rigaud, 1659-1743)가 그린 20세 즈음의 루이 15세다. '아름다운 왕'이라는 별명이 납득될 만큼 미청년의 모습이다.

유럽 제일의 화려함을 자랑하는 베르사유 궁전에서 금수저를 물고 태어난 그는 수많은 정부를 두고 수많은 자녀를 생산했다. 흥청망청 사치를 부리면서 국고를 거덜 냈고 무엇이든지 손에 넣었기에 오히려 권태에 시달릴 정도였다.

이아생트 리고(Hyacinthe Rigaud, 1659–1743), 〈루이 15세의 초상〉,
1730년, 캔버스에 유채, 271×186cm, 베르사유 궁전

다만 정치에는 무관심했다. '분명 좋은 왕은 아니었으나 적어도 종두에는 크게 공헌하였는데, 루이 15세의 공헌은 스스로 천연두로 쓰러지면서부터 시작되었다.

1774년, 64세의 나이에도 건재하였던 왕은 평소와 다름없이 사냥을 나갔다가 돌연 두통을 호소하면서 성에 돌아왔다. 다음날에는 발진이 생겨났다. 약 2주일이나 버틴 것은 타고난 강건함 때문이었을 것이다. 슈테판 츠바이크는 『마리 앙투아네트: 베르사유와 프랑스 혁명』(이화북스, 육혜원 역)에서 죽어가는 왕의 침상을 이렇게 쓰고 있다.

'끔찍하게 부어오른 수포들로 뒤덮인 몸은 끔찍한 분해의 과정을 겪고 있었다(53쪽).', '그 뒤에 일어난 일들은 온통 끔찍한 일뿐이었다. 육체는 부풀어 오르고 검게 변한 살은 분해되어 갔다. 그러나 그는 부르봉 조상의 힘을 모두 모은 것처럼 파멸에 저항했다. 시종들은 끔찍한 악취에 진이 빠졌고 딸들이 마지막 힘을 다해 간호했다. 의사들은 벌써 물러가 버리고 없었다. 온 궁중은 이 무서운 비극이 빨리 끝나기를 바랐다(55쪽).'

왕의 죽음은 외교관이라는 이름의 스파이들에 의해서 즉각 각국으로 전달되었다. 프로이센의 프리드리히 대왕은 인두법 기술을 모든 의사들에게 배우도록 하여 종두를 확대하였고, 미국의 워싱턴은 전체 군인에게 종두를 명령했다. 위정자들은 자기 일이 되고 나서야 예방에 힘을 쏟기 시작한 것이다.

# 인류 역사상 최초의
# 백신 접종을 그린 회화

이후로 사반세기가량 지난 1798년, 영국의 의사 에드워드 제너는 『우두의 원인과 효과에 대한 연구』를 간행하였다. 왕위협회에 먼저 보냈다가 무시당했기 때문에 부득이하게 스스로 출판한 논문이었다. 무시당한 이유는 예나 지금이나 변치 않는 엘리트주의라고 해야 할까? 제너가 일개 시골 개업의였기 때문에 업신여겨진 것 같다.

지금에 와서는 '근대 면역학의 아버지'인 제너를 모르는 사람이 없고, 우두법이 어떻게 탄생하게 되었는지도 많은 사람들의 입에 회자되고 있다. 대강의 경위는 이러하다. 제너는 시골에서 일하고 있었기에 그의 환자 중에는 당연하게도 우유를 짜는 여성들이 있었다. 이들은 소와 접촉하는 작업 특성상 우두에 자주 걸리곤 하였다. 그런데 이들의 병증은 천연두와 비슷한 발진과 농포가 올라오되 가벼운 증상에 그쳤고, 병을 앓은 뒤에 곰보 자국이 남지도 않았다.

제너가 주목한 것은 그 여성들이 우두를 앓고 난 이후였다. 한 번 우두를 앓은 사람은 절대 천연두에 걸리지 않는다는 소문이 오래전부터 널리 퍼져 있었기 때문이다. 그가 보기에도 정말 그런 것 같았다. 이리하여 그는 심각한 부작용을 가진 인두법 대신 소를 활용한 우두법을 시도해 보기로 다짐했다.

1796년 제너는 '자기 아들'에게 우두의 농포를 접종했다……고 필자는 아동청소년용 전기에서 읽은 기억이 나는데, 실제로는 '자기 하인의 아들'이었다

(하나오가 세이슈(華岡靑洲)♦가 자신의 어머니와 아내를 마취제의 실험 대상으로 삼았던 것과는 많이 다르다). 8세의 소년 제임스에게 예방 접종하는 모습을 영국의 역사화가 어니스트 보드(Ernest Board, 1877-1934)가 상상하여 그린 작품이 〈1796년 5월 14일, 8세 소년 제임스 핍스에게 첫 백신 주사를 놓는 에드워드 제너〉이다(10장의 표지 그림).

매우 정직해 보이는 시골 의사 제너와 불안한 듯이 메스를 바라보는 소년. 검소한 옷차림을 한 소년의 어머니는 아들이 움직이지 않도록 윗가슴을 꽉 누르고 있다. 아무런 근대적 설비도 없는 좁은 진료실에서 최신 의학 실험이 이루어지고 있다. 담담해 보이는 이 정경은 역사적 순간이었고, 접종을 결심한 의사와 접종을 받아들인 모자까지 영웅 세 명의 모습이기도 했다.

사실 이는 제1단계에 지나지 않았다. 진짜 실험은 6주 후였다. 우두에 걸렸다가 가벼운 증상으로 끝난 제임스에게 이번에는 진짜 천연두를 접종하였다. 어쩌면 소년은 두 번째 접종이므로 그다지 걱정하지 않았을지 모른다. 하지만 제너는 얼마나 긴장하고 있었을까?

만약 접종이 들지 않고 이 아이가 천연두에 걸려 루이 15세처럼 죽음을 맞는 일이 생긴다면…….

다행히도 소년은 무사했다. 이로써 인류 역사상 최초의 백신이 탄생했다. 이 백신은 개량을 거듭하였고 머지않아 지구상의 천연두를 박멸시켰다. 이처럼 빛나는 미래를 상상조차 할 수 없었던 당시 의학계는 제너가 논문을 발표한 후에도 계속 그를 홀대하였다. 각국에서 접종이 진행되어 천연두

---

♦ 【편집자주】18세기 일본 의사로, 통선산이라는 마취제를 이용한 세계 최초의 전신 마취 수술 집도의로 알려져 있다.

대유행에 제동이 걸리고 나서야 영국 의회는 백신의 성과를 인정하고 제너에게 상금을 포상하였다. 1802년의 일이었다. 늦었지만 제너의 노력은 충분히 보상받게 되었다.

## 백신 반대파 대 백신 추진파 소동

우두 접종이 시작된 초기에는 반대 운동이 성행하였다. 소의 고름을 체내에 주입하면 소가 된다는 유언비어가 퍼진 까닭이었다. 백신 추진파는 곧바로 '소는 이집트와 인도에서 성스러운 동물이니 우두는 성스러운 액체'라고 반박했다. 어느 냉소적인 영국인은 이러한 소동에 대해 야유하기를 무척 좋아했는데, 바로 풍자화가 제임스 길레이(James Gillray, 1757-1815)였다. 길레이는 즉각 〈우두 접종의 놀라운 효과〉라는 만화 형식의 판화를 제작하여 사람들에게 큰 웃음을 주었다.

이곳은 하층 계급 대상의 접종 병원이다. 벽에 걸린 그림은 금(金) 황소를 숭상하는 신자들을 그린 것이다. 젊은 여성이 의자에 앉은 채 한쪽 팔을 메스로 베이고 있고, 피가 줄줄 흘러서 매우 아파 보인다. 의사는 무표정하다. 옆에는 백신액 통을 든 소년이 있다. 그의 주머니에는 '백신의 이점'이라고 쓰인 책자가 툭 튀어나와 있다. 여성의 주변 사람들은 이미 접종을 마쳤는데, 우두로 인하여 몸의 어딘가가 소처럼 변해 버렸다. 커다란 두 갈래 창을 가진 농민은 엉덩이와 오른팔에서 소가 튀어나오고 있다. 그 외에도 뺨, 귀, 이마, 입, 코에서 작은 소가 나와 있는 불쌍한 사람들이 가득하다.

제임스 길레이(James Gillray, 1756–1815)
〈우두 접종의 놀라운 효과〉, 1802년, 종이에 동판 인쇄, 웰컴컬렉션

이 그림은 감상자에게 종두 접종을 촉구한 것일까, 아니면 만류한 것일까?
어떤 의도였든 간에, 천연두는 1980년에 공식적으로 근절되었다. 현재는
백신 접종조차 하지 않는다. 이만큼 훌륭하게 역병 퇴치에 공헌한 제너가
왜 노벨생리학 의학상을 받지 못했을까? 답은 간단하다. 아직 알프레드 노
벨은 태어나지도 않았기 때문이다.

# 11장

---

# 홍수, 그리고 명화의
# 기구한 운명

하천과 함께 생활하는 도시에서

홍수는 피하기 힘든 재해다.

본 장에서는 18세기 페테르부르크,

19세기 파리 교외, 20세기 런던에 발생한 기록적인

하천 범람과 관련된 회화를 소개한다.

**폴 들라로슈**
Paul Delaroche, 1797-1856
〈제인 그레이의 처형〉, 1833년,
캔버스에 유채, 246×297cm,
내셔널 갤러리

리시아의 네바강(전체 길이 74km), 프랑스의 센강(전체 길이 780km), 영국의 템스강(전체 길이 346km)—각각 18세기 페테르부르크, 19세기 파리 교외, 20세기 런던의 기록적인 범람과 관련된 회화를 살펴보도록 하자.


## <타라카노바 황녀>
## - 감옥의 여자 주인공을 덮친 홍수

가장 먼저, 네바강이다.

러시아의 화가 콘스탄틴 플라비트스키(Konstantin Flavitsky, 1830~1866)의 대표작이자 우표의 도안이 되기도 한 인기작 <타라카노바 황녀>는 네바강과 깊은 관련이 있다.

네바강의 수원은 라도가호수이며 밥그릇 형태를 그리면서 핀란드만(灣)으로 흘러 들어간다. 강어귀는 여러 지류로 갈라진 삼각주로 늑대가 날뛰는 숲과 축축한 습원이 펼쳐져 있는데, 이렇게 황량한 땅에도 아랑곳하지 않고 표트르 대제는 신도시 건설에 착수했다. 그는 어린 시절 암살당할 뻔했던 장소이자 인습에 얽매인 오래된 도시 모스크바를 싫어하여 천도(遷都)와 해외 무역의 거점 건설을 염두에 두고 있었다.

이리하여 물과의 싸움이 시작되었다. 10년의 세월과 엄청난 희생(건설노동자가 1만 명 이상 사고사했다고 한다)을 통하여 습지가 매립되었고 운하가 그물코 모양으로 둘러쳐지면서, 아름다운 '북쪽의 베네치아' 상트페테르부르크가 탄생하게 되었다. 수도로 정해진 것은 1713년이었다.

콘스탄틴 플라비트스키(Konstantin Flavitsky, 1830-1866)
〈타라카노바 황녀〉, 1864년, 캔버스에 유채, 245×187.5cm, 트레티야코프 미술관

그러나 네바강은 길들일 수 없었다. 신(新)수도 안성 후 불과 몇 달 만에 2m의 홍수가 덮쳤고, 그 후에도 반복적으로 날뛰었다. 페테르부르크의 심각한 수해는 현대까지 300회를 넘는다고 한다.

그중에서도 1777년, 예카테리나 2세 시대에 일어난 대재앙은 수위 3m로 사망자만 1,000명 이상을 낳았으며 다수의 목조가옥과 선박, 관까지 바다로 흘러갔다. 특히 비극적이었던 것은 네바강가의 형무소에 수감된 대략 수백 명의 죄수 전원이 옥중에서 익사한 일이다. 간수들이 감옥을 잠근 채로 도망가 버린 탓이었다.

이제 플라비트스키의 작품에 시선을 집중해 주기 바란다.

아름다운 여자 주인공은 호화로운 의상을 입은 것으로 보아 높은 신분으로 추측되는데, 침침한 감옥 안에 들어가 있다.

회반죽이 그대로 노출된 벽, 작은 테이블 위의 물병과 딱딱한 빵, 번번찮은 침대 시트는 지푸라기가 삐져나와 있고 심지어 시궁쥐가 기어 올라가 있다. 자세히 보면 침대 자체가 물에 떠 있다. 왜일까?

화면 오른쪽의 창문을 주목하자. 유리는 깨져 있고 격렬한 기세로 물이 흘러들어오고 있다. 네바강이다. 아마도 조금 전까지 그녀는 필사적으로 문을 두드리며 간수에게 구조를 요청했을 것이다. 하지만 돌아오는 답은 없고 갇혔음을 깨달았다. 여기서 죽을 운명임을 직감했을 그녀의 표정이 절망적일 수밖에 없다.

그녀는 본인이 황녀 타라카노바, 선선대의 차르였던 미혼의 엘리자베타 여제(표트르 대제의 장녀)가 신하와의 사이에서 몰래 가진 아이라고 주장하고 있었다. 만약 진실이라면 표트르 대제의 손녀인 셈이다.

행여 거짓이라 할지라도 정적에게 이용당할 구실이 될지도 모른다는 생각에 예카테리나 2세는 위기감을 품었다.

명민한 정치 수완을 바탕으로 훗날 표트르와 같은 '대제' 칭호를 얻은 예카테리나였지만, 차르인 남편을 죽이고 왕좌에 올랐다는 경위와 러시아계의 피가 하나도 섞이지 않은 독일인 혈통이라는 것이 아킬레스건이었기에 바로 타라카노바를 참칭자(僭稱者)로 체포하고 구금하였다. 아마 고문도 행하였을 것이다. 공식 발표에 의하면 그녀는 홍수가 발생하기 2년 전에 병사했다.

하지만 당시 궁정에서 걸핏하면 사실을 은폐하고 온갖 암투가 팽배하였던 점으로 볼 때(졸저 『로마노프 가문─12개의 이야기(ロマノフ家─12の物語)』, 코분샤신서(光文社新書) 참조), 민중은 그 발표를 믿지 않고 마음껏 상상력을 발휘한 듯하다. 타라카노바는 정말로 표트르 대제의 고귀한 손녀딸이며, 죽음의 진짜 이유는 병사가 아니라 네바강 홍수에 있었다고 반쯤은 믿고 있었던 것이다. 플라비트스키는 그 소문을 이처럼 드라마틱하게 표현해냈다.

# 홍수로 발견한 아름다운 풍경

센강은 프랑스에서 루아르강 다음으로 긴 대하(大河)다. 수원은 프랑스 중동부 구릉에서 솟아나는 물로, 좁은 시냇물이 언덕을 내려와 평지로 도달한다. 특히 파리 부근부터 수량(水量)이 증가하면서 느긋하게, 또한 뱀처럼 구불거리며 흐르게 된다.

경사 없는 강이라서 범람하지 않느냐 하면 그렇지 않다. 큰비가 오거나 눈이 녹아 물이 늘어나서 수해가 되는 사례는 유럽 각국의 평야 지대에서 자주 볼 수 있다. 한국은 국토의 63%가 산악지형으로 경사가 급해 하천의 유량변동계수가 매우 높은 편으로 홍수 및 가뭄의 위험이 높고,♣ 일본의 경우는 하천의 길이가 짧고 경사도 급하여 몇 시간에서 하루 이틀 사이에 물이 늘고 금세 범람하지만, 분지가 아닌 이상 물이 빨리 빠진다.

그런데 센강 같은 평지의 하천은 홍수가 도달할 때까지가 1개월 이상인 경우도 있고 물이 빠지는 속도도 느려서 최악의 경우에는 몇 개월씩 걸리므로, 물이 부패하여 역병이 돌기 쉽다는 또 다른 부정적인 측면도 있다.

그러나 홍수가 자신이 있는 곳에 달하기까지 시간이 소요된다는 점은 분명 생존에 유리한 요소다. 정보만 얻을 수 있다면 범람에 대비하여 도망칠 수 있으니 말이다. 17세기 중반의 센강 홍수는 다리가 무너지는 바람에 사망자가 100명 이상 나오는 참사가 되었으나, 파리 출신이라면 일반적인 수준의 홍수에는 어느 정도 익숙해져 있었다.

---

♣　한국 관련 내용은 원 저작사의 동의를 얻어 편집자가 작성한 내용이다. 참고 자료는 책 뒤쪽 참조.

알프레드 시슬레(Alfred Sisley, 1839–1899)
〈홍수가 난 마를리 항의 작은 배〉, 1876년, 캔버스에 유채, 610×500cm, 오르세 미술관

그리하여 이 회화가 탄생한 것이다. 1876년 파리 교외를 침수시킨 홍수의 풍경, 〈홍수가 난 마를리 항의 작은 배〉가 그려졌다. 그린 이는 프랑스에서 태어난 영국인 인상파 풍경화가 알프레드 시슬레(Alfred Sisley, 1839-1899)였다.

이른 봄의 하늘은 높고 푸르며, 명랑한 흰 구름도 뭉게뭉게 피어오른다. 수면은 온화하게 햇빛을 반사하고 물그림자가 흔들린다. 작은 배를 탄 두 사람도 파도가 없으니 걱정 없이 배 위에 서 있다. 얼핏 보기에는 홍수처럼 보이지 않고, 베네치아나 암스테르담과 닮은 운하의 풍경으로 착각할 듯하다. 그러나 화면 오른쪽의 나무들로 보아 그곳이 원래 사람이 걸어다니는 가로수길이었음을 알 수 있다. 그 앞의 도로를 배가 미끄러지듯 나아간다. 평소라면 마차가 지나다니고 있었을 것이다. 화면 왼쪽의 건물은 1층이 술집, 2층이 여관이다. 건물의 주변에는 나무통을 밧줄로 묶고 두꺼운 판자를 얹었다. 내부는 침수되어 난리가 났을 것이다.

시슬레가 이 광경에 매료된 이유는 그림을 보면 느낄 수 있다. 구입자도 그러했으리라 생각된다. 눈이 쌓이면 새하얀 은빛으로 일변한 모습처럼, 호수로 바뀐 도로도 매혹적인 풍경이 아닐 수 없다.

사람이 죽지만 않으면 된다고 생각했을지도 모른다. 'C'est La Vie(=이것이 인생)'라고 직접 말했는지는 알 수 없지만, 당시에는 홍수를 구경하러 나가는 사람도 많았다고 한다.

## '9일간의 여왕'의 처형과
## 템스강 범람

마지막으로 템스강이다.

런던을 바다와 잇는 이 강 역시 빈번하게 날뛰어 다리를 부수고 사람을 흘려보냈다. 1928년 한겨울에도 돌연 범람하였는데, 이는 프랑스인 역사화가 폴 들라로슈(Paul Delaroche, 1797-1856)의 작품 〈제인 그레이의 처형〉의 등장에 큰 영향을 미쳤다(11장의 표지 그림).

이 역사화는 '무서운 그림 전'의 메인으로 전시된 작품이기도 하다.

헨리 8세의 동생의 손녀였던 제인은 왕위 계승 순위가 낮았음에도 불구하고 친아버지와 시아버지(그녀는 억지로 정략결혼하였다. 그림에서도 왼손 약지에 반지가 보인다)의 계략으로 여왕의 자리에 즉위하였다.

그러나 헨리 8세의 딸 메리도 즉시 여왕 즉위를 선언했다. 두 여왕의 싸움은 메리의 승리로 끝났으며 '9일간의 여왕' 제인은 처형되었다. 당시 그녀는 고작 16세였다.

정쟁(政爭)에 농락당한 젊은 제인의 순진무구함과 억울함이 두드러지는 하얀 의상. 어떤 얼굴일지 보는 사람의 감상을 자극하는 눈가리개. 동정심 넘치는 사제와 사형집행인. 비탄에 잠긴 여관(女官). 그 무엇보다 가슴을 울리는 것은 처형대가 있는 자리를 손으로 더듬는 제인의 오동통한 팔과 앳된 티가 나는 어색한 몸짓이다. 처형대 아래에 깔린 밀짚이 피를 흡수하기 위한 역할임을 깨닫는 순간, 마치 오페라의 클라이맥스처럼 전율이 흐른다.

그런데 이 그림과 홍수는 무슨 관계가 있었을까?

본 작품은 오랫동안 개인 소장이었나가 런던 내셔널 갤러리에 기증되었고, 테이트 미술관에서 전시 중이었다. 테이트 미술관은 템스강가에 위치해 있다. 앞서 설명한 1928년 범람으로 인하여 〈제인 그레이의 처형〉은 다른 작품과 함께 행방불명되었고, 유실되었다고 간주하여 더 이상 찾아보지도 않은 채 '완전 파손'으로 공식 발표되기까지 하였다. 한순간에 이 세상에서 사라져 버린 것이다.

그로부터 45년이 지난 1973년, 테이트 미술관에 신입 학예사 한 명이 입사했다. 문제의 템스강 범람 때에는 아직 태어나지도 않았던 젊은이였다. 그는 진정한 의미의 연구자였다. 제대로 조사하지도 않고 어떻게 완전 파손이라고 단정할 수 있냐며 그 발표를 믿지 않았고, 어딘가에 있으리라는 소문을 믿으면서 미로처럼 넓은 미술관을 샅샅이 찾아다녔다. 마침내 수리실 받침대 아래에서 라벨조차 없이 돌돌 말린 채 산더미처럼 쌓여 있던, 잔뜩 더러워진 캔버스 뭉치를 발견하였고 한쪽 끝부터 펼쳐보기 시작했다. 그 가운데 〈제인 그레이의 처형〉이 잠들어 있었다.

이만큼 긴 세월이 지났지만 〈제인 그레이의 처형〉은 —물감이 벗겨진 부분은 꽤 있어도— 흠집이 거의 없는 상태였다. 바로 복원되어 내셔널 갤러리의 벽을 장식했는데, 너무 많은 감상자들이 그림 앞에 멈춰 서는 바람에 미술관 바닥이 망가져 수리해야 할 지경이었다고 전해진다.

이 얼마나 이 작품에 잘 어울리는 오페라틱한 전개인가? 템스강의 범람, 회화의 소실과 재발견. 더구나 이 에피소드는 우리에게 중요한 교훈을 가르쳐주고 있다. 무엇이든지 납득하기 어려운 일이 있으면 우선 전제부터 의심해 보라고 말이다.

# 12장

## 나폴레옹이라는
## 재앙

희대의 영웅이라고 우러러보는 사람들이 있는 한편,
'코르시카의 괴물', '식인귀'라며 비난받기도 하는 나폴레옹.
유럽의 광범한 나라·지역을 전쟁의 불길에
휩쓸리게 하고 수많은 희생자를 초래하였다.
나폴레옹에 대해서는 다양한 회화가 남아 있는데,
인상적인 작품을 위주로 살펴보도록 하자.

장 레옹 제롬 Jean-Léon Gérôme, 1824-1904

〈스핑크스 앞의 보나파르트〉, 1886년, 캔버스에 유채, 61.6×101.9cm, 허스트 캐슬

## 350만~500만 명의 희생자를 낳은
## 나폴레옹 전쟁

나폴레옹 보나파르트의 별명은 다채롭다. '꼬마 부사관'(신장 170cm 미만), '프랑스 혁명의 부산물'(엘리트주의가 지배적인 프랑스에서 시골의 소귀족부터 시작하여 대출세), '프랑스 인민의 황제'(프랑스 최초의 제정 시행), '코르시카의 괴물', '식인귀'(유럽 전역을 두려움에 떨게 한 증오의 대상).

1799년부터 1815년까지 이어진 이른바 '나폴레옹 전쟁'은 영국, 이탈리아, 오스트리아, 독일, 스페인, 포르투갈, 러시아, 이에 각각의 식민지를 포함하여 광범한 지역을 전쟁의 참화에 말려들게 하였고 350만~500만 명의 희생자(전사자뿐 아니라 부상, 기아, 역병, 저체온증으로 인한 사망까지 포함)를 낳았다. 나폴레옹을 악마와 다름없이 취급하며 저주하였던 것도 일견 이해가 간다. 한편 지금까지도 나폴레옹을 희대의 영웅으로 떠받드는 사람이 있는 것도 사실이다.

1급 자료인 『나폴레옹 전선 종군기』(F. 비고 루시옹)를 읽어보면 27세의 나폴레옹을 아주 가까이서 본 병사 루시옹의 놀라움이 생생하게 전해져 온다. 1796년 몬테노테 전투에서의 일이다. 루시옹은 다음과 같이 썼다.

'보나파르트 장군이 찾아왔다', '최고사령관이라고 입에서 입으로 전해져 내 귀에까지 들어왔지만, 나 자신도 믿을 수 없는 기분이었다', '용모, 태도, 옷차림 어느 것 하나 우리를 끌어당기는 요인이 없다', '몸집이 작고, 빈약하고, 창백한 얼굴, 크고 검은 눈, 홀쭉한 뺨', '요컨대 이탈리아 원정군의 지휘를 맡기 시작한 무렵의 보나파르트는 누구에게도 호의적인 시선을 받

지 못하고 있었다' (타키가와 요시노부(瀧川好庸) 역/이희재 중역)

그랬던 나폴레옹이 눈 깜짝할 사이에 카리스마를 발휘해 승리를 거듭하면서 다음 해인 파리 귀환에서 열광적 환영을 받았다. 더욱이 1798년에는 이집트에까지 원정을 떠나 카이로 입성을 달성하기도 했다.

19세기의 프랑스인 화가 장 레옹 제롬(Jean-Léon Gérôme, 1824-1904)은 〈스핑크스 앞의 보나파르트〉를 그렸다.

당시 아직 목 이하로는 모래에 파묻혀 있던 '기자의 대스핑크스'를 앞에 두고 말에 올라탄 채 혼자 대치하였다. 저 멀리에는 프랑스군 대연대(大連隊)가 펼쳐져 있다.

나폴레옹이 깊은 생각에 빠진 듯이 보이는 것은 물론 화가가 의도한 부분이다. 본 작품은 영웅의 죽음으로부터 반세기 이상 지나서 그려졌으므로, 보나파르트 왕조를 계승하려다가 실패한 사실은 모두 다 알고 있었다(참고로 그의 조카인 나폴레옹 3세와 그 아들도 죽은 후였다).

또한 스핑크스로 말하자면, 유럽에서는 일반적으로 그리스 비극과 연결되고는 하였다(이집트의 스핑크스와는 형체가 다르지만). 아버지를 죽이고 어머니와 결혼하리라 예언 받은 오이디푸스가 그 운명에서 벗어나기 위해 하였던 모든 행동이 오히려 정해진 운명을 향해 가는 것이었다는, 참으로 진절머리 나는 이야기다. 도망치는 과정에서 오이디푸스는 괴물 스핑크스와 만난다. 그는 스핑크스가 낸 수수께끼, '아침에는 네 발, 낮에는 두 발, 밤에는 세 발인 것은 무엇인가?'에 '인간'이라는 정답을 맞혀 스핑크스를 물리친다. 스핑크스 퇴치는 아버지임을 모르고 살해한 후에 어머니임을 모르고 결혼하는 운명으로 향하는 결정적인 경로로 작용하였다.

코가 사라진 거대한 스핑크스와 마주한 나폴레옹도 말없이 난해한 질문을 묻는 괴물에게 답하고 있는 것일까? 그리고 언젠가는 합스부르크 가문의 영애를 아내로 맞이하여 새로운 왕조를 창건하겠다는 찰나의 꿈을 꾸고 있었을까? 아니, 오히려 이 그림을 보는 우리에게 나폴레옹과 당시 유럽의 운명, 나아가서는 지금 우리가 사는 세상을 깊이 생각해 보라고 재촉하는 듯하다.

## 전장에 만연한 페스트와
## '영웅'의 로열 터치

한편 이 원정에서 나폴레옹의 공적은 고대 이집트 연구를 비약적으로 발전시킨 것이다. 그는 애독서였던 괴테의『젊은 베르테르의 슬픔』을 가지고 다니면서 학자 집단까지 이집트에 거느리고 갔다. 로제타스톤도 그곳에서 발견된 것이다. 그리고 그 귀중한 유물을 프랑스로 가지고 돌아가는 데에 일말의 주저함도 없었다.

그것은 당시 승자의 권리로 여겨지는 것이었다. 훗날 이탈리아와 스페인에서 명화 여러 점을, 독일에서는 브란덴부르크문의 '승리의 여신상'도 빼앗아 가게 된다(루브르 미술관이나 대영 박물관이 '도둑미술관'이라고 불리는 것은 나름의 이유가 있다).

이집트 원정 다음 해, 나폴레옹은 시리아로 떠났다. 승리하기는 했지만 시리아에서는 페스트가 유행하여 많은 희생이 따랐다. 나폴레옹의 종군 화가 앙투안 장 그로(Antoine-Jean Gros, 1771-1835)가 〈자파의 페스트 격리소를 방문한 나폴레옹 보나파르트〉를 완성한 것은 시리아 원정으로부터 5년 후였다.

여기는 시리아의 항구도시 자파(현재 이스라엘의 텔아비브 지구)에 있는 모스크의 중정이다. 프랑스군이 병원 시설로 접수한 건물이며, 나폴레이 페스트에 걸린 병사를 위문하러 온 참이다.

무릎에 죽은 사람을 눕히고 몽롱해진 군복 차림의 사관이나 실명하여 검은 안대를 쓰고 원기둥을 더듬으면서 나폴레옹에게 다가가려 하는 사람 등 수많은 병자와 사망자들로 넘쳐난다. 의사가 부족한 것인지, 그들의 뒤치다꺼리를 강제로 해주고 있는 것은 아랍인들이다.

화면 중앙의 나폴레옹은 페스트를 두려워하지 않고 환자의 가슴에 맨손을 가져다 댄다. 뒤에 있는 부하가 흠칫하면서 손수건으로 입 주변을 눌러 막는 것과 대조적인 로열 터치(왕이 환부를 만지면 치료된다는 기적 요법)에서 왕의 위엄이 느껴진다.

앞서 설명한 것처럼 이 그림의 완성은 원정으로부터 5년 후, 즉 나폴레옹이 황제로 즉위한 1804년이다. 프로파간다 회화로서의 역할을 완벽히 다하였다고 말할 수 있다.

시리아에서 페스트에 걸린 수많은 프랑스 병사들은 나폴레옹이 로열 터치를 행한 보람도 없이(정말로 터치했는지는 불명이다) 타국에서 목숨을 잃게 되었다. 아편으로 안락사당했다는 설도 있다. 아직 살아 있던 사람도 시리아에 남겨졌다. 그것을 비판하는 역사가도 있지만, 페스트 환자를 프랑스로 데려가는 편이 훨씬 더 문제였을 것이다.

# 스페인인 화가 고야가 본
# 나폴레옹 군대

나폴레옹은 황제가 되어서도 전쟁을 계속 확대하였다. 1808년에는 스페인으로 침공하여 점령하기는 했으나 스페인 국민의 저항은 멈추기는커녕 오래도록 뜨겁고 격렬하게 이어지는 게릴라전의 형태로 바뀌어 갔다('게릴라'라는 말은 스페인어 '작은 전쟁'에서 비롯되었다). 이는 나폴레옹의 시대가 저물 징조였고, 프란시스코 고야(Francisco Goya, 1746–1828)의 걸작 〈마드리드, 1808년 5월 3일〉이 탄생하는 계기가 되기도 하였다.

내리누르는 듯이 깜깜한 어둠 속, 체포된 게릴라군들이 프린시페 피오 언덕에 가축처럼 쫓겨나온다. 화면 중앙에서부터 왼쪽 방향으로 죽음으로 향하는 사람들, 죽음을 직면한 사람들, 이미 죽은 사람들이 차례로 보인다. 그들은 모두 개성적으로 그려져 있다. 죽음을 코앞에 두고 사람들은 손으로 얼굴을 가리거나, 무념무상으로 양손 주먹을 꼭 쥐거나, 방심하고 있거나, 십자가에 박힌 예수처럼 양팔을 크게 벌렸다(흰 셔츠를 입은 이 남성의 양 손바닥에는 성흔(聖痕)도 보인다).

고야는 그들에게 용감한 전사가 아니라 어디에나 있을 법한, 흔하디흔한 인간의 이미지를 부여하였다. 실제로 이날 밤 처형된 400명이 넘는 남자들은 구두장이, 석공, 목수, 물장수, 농민, 하인, 프란치스코회 수도사 등 가난한 서민들뿐이었다. 침략자로부터 나라를 지키겠다는 일념으로 끌(鑿)이나 괭이, 칼, 심지어는 새총으로 맞서 싸운 사람들이었다. 그중에는 우연히 난장판에 휘말렸을 뿐인 사람도 있었을지 모른다. 죽음의 공포에 사로잡혔다고 해도 전혀 이상하지 않다.

프란시스코 고야(Francisco Goya, 1746-1828),
〈마드리드, 1808년 5월 3일〉, 1814년, 캔버스에 유채,
268×347cm, 프라도 미술관

한편 네모난 샤코(shako) 모자를 쓰고 네모난 배낭을 멘 프랑스 병사들에게는 개성이 없다. 애초에 얼굴이 없다. 무자비한 살인 기계처럼, 마음이 없는 로봇처럼, 살아 있는 인간을 향해 태연하게 총을 발사하고 있다. 그것도 말도 안 되게 가까운 거리에서! 여기에도 고야의 천재적 계산이 들어갔다. 훗날 피카소와 마네가 이 작품을 인용하여 그림을 그렸지만, 이들 역시 고야의 박력을 능가하지는 못했다.

당시 스페인 사람들에게, 나아가 유럽 전역에서 나폴레옹군은 이러한 모습으로 그려졌다. 프랑스 측도 이를 똑같이 자각하고 염증을 느끼기 시작했던 것은 아닐까?

머지않아 전쟁은 끝날 터였다. 그러나 정통성 없이 권좌에 오른 황제는 그리 쉽게 전쟁을 끝낼 수 없었고, 끊임없이 전쟁에서 승리할 필요가 있었던 모양이다.

## 죽음으로 뒤덮인
## 러시아에서의 퇴각

1812년 나폴레옹은 운명의 결단을 내렸다. 러시아 침공이었다. 북쪽의 매서운 겨울을 피하고자 연합국군을 포함한 65만의 군사를 이끌고 국경을 넘은 것이 6월이었다. 앞서 2차례의 러시아전에서도 무난히 승리하였으므로, 여름이라면 이길 수 있다고 예상한 것 같다. 나폴레옹군은 워낙 무적의 군대였지만 러시아군은 약한 데다 23만 명밖에 없었기 때문에 더욱 그러했다.

예측은 빗나갔나. 러시아의 총대장 쿠투조프는 말에 올라타려다가 굴러떨어질 정도의 뚱뚱한 노인이었으나, 머리 회전이 매우 빨라 그의 전략은 항상 적중하였다(졸저 『명화로 읽는 러시아 로마노프 역사』, 한경arte, 2023 참조). 정면으로 싸우면 불리하다고 확신한 쿠투조프는 살을 내주고 뼈를 취하는 작전을 세웠다. 적의 진로에 있는 집들을 모조리 불태워 현지에서 식량을 일절 조달하지 못하게 했을 뿐만 아니라, 병참(후방 지원부대)을 집중적으로 공격했다.

예상치 못한 전투에 어안이 벙벙하고 굶주림과 피로로 기진맥진한 상태로 프랑스군은 모스크바에 입성하였다.

이 시점에 병사들은 50만 명이나 줄어 있었다. 전사자보다도 병사자, 몸이 쇠약해져 죽은 자, 도망가거나 중도 탈락한 자가 많았다고 한다.

모스크바는 고요하였다. 교섭할 상대조차 없었다. 한 달을 기다리던 나폴레옹이 결국 포기하고 퇴각하기 시작한 것이 9월이었다. 마치 계획한 듯이 예년보다 빨리, 예년보다 혹독한 시베리아 한기단이 덮쳐왔다. 물론 러시아군도 이때다 싶어 게릴라 공격을 시작하였다. 프랑스로 귀환할 수 있었던 자는 고작 3만 명이었다. 그야말로 엄청난 대패였다.

나폴레옹의 비참한 퇴각을 그린 작품은 매우 많은데, 그중에서도 프랑스인 전쟁화가 니콜라 투생 샤를레(Nicolas-Touissant Charlet, 1792-1845)의 〈러시아에서의 철수〉를 살펴보자.

니콜라 투생 샤를레(Nicolas-Touissant Charlet, 1792-1845)
〈러시아에서의 철수〉, 1836년, 캔버스에 유채, 293.5×194.4cm, 리옹 미술관

광활한 하늘은 러시아에 대한 끝없는 두려움을 상징한다. 망령들의 무리
처럼, 빈사(瀕死)한 구렁이처럼, 나폴레옹군의 대열은 구불구불 나아간다.
말은 거의 없다. 아마도 식량이 되었을 것이다. 모스크바에서 훔친 금은보
화 상자가 굴러다니지만 그런 것은 아무런 도움도 되지 못한다. 빼빼 마른
병사들이 차례로 쓰러지고 금세 얼음과 눈에 감싸인다.

죽음의 원인은 추위와 굶주림만이 아니었다. 말단 병사들은 허약해진 몸
으로 서로에게 달라붙으며 조금이라도 온기를 얻고자 했다.

그 때문에 티푸스나 적리(赤痢)◆같은 치명적인 병이 눈 깜짝할 사이에 전파되었다. 러시아인들은 사망자를 곧바로 묻어주었는데, 이는 그들을 동정해서가 아니라 역병의 유행을 방지하기 위해서였다.

나폴레옹이 역사에 등장한 후부터 죽을 때까지, 그가 일으킨 모든 전쟁의 최대의 희생자는 프랑스인들이었다. 그들은 스스로 만들어낸 괴물에게 삼켜지고 말았던 것이다.

◆ 【편집자주】 이질의 한 가지로 변에 피와 곱이 섞여 나오는 급성 전염병

# 13장

---

# 콜레라의 참화

### 죽음을 불러오는 신의 사자

인도의 풍토병이었던 콜레라는
19세기에 들어선 후 세계적인 팬데믹으로 확대되어
페스트와 마찬가지로 많은 목숨을 앗아갔다.
예술가들은 역병에 의한 참화를
'악마를 거느린 천사', '괴물을 탄 사신' 등
다양한 모습으로 표현해 왔다.

**쥘 엘리 들로네** Jules Elie Delaunay, 1828-1891

〈로마의 페스트〉, 1869년, 131.5×177cm, 오르세 미술관

# 전 세계 수천만 목숨을
# 앗아간 콜레라

19세기 전반, 인도의 풍토병이었던 콜레라가 팬데믹으로 확대되었다. 이후 2세기에 걸쳐 7차례의 대유행이 발생하였고, 전 세계 수천만의 목숨을 앗아갔다. 콜레라는 한풀 꺾인 페스트를 대신하듯이 등장하였다.

콜레라균은 극한·극서 지역에서도 활동할 정도로 강력하고 증상도 격렬하다. 구강을 통해 감염되고 하루 이틀 잠복기를 거쳐 복통 없는 설사 증상이 나타난다. 설사는 점차 심해지고 구토, 탈수, 피부 건조, 급격한 혈압 저하, 경련을 거쳐 결국 사망에 이른다. 설사한 변의 양이 체중의 2배 정도 되는 경우도 드물지 않기 때문에, 중증 환자가 갑자기 주름이 자글자글한 노인으로 변했다고 전해지는 것도 일견 납득이 간다. 치료약이 없는 시대에는 감염되면 70~80%라는 치명적인 사망률을 자랑했다(현대에 와서는 2% 이하).

제1차 팬데믹(1817~1824년)은 아시아를 주 무대로 한다. 한국의 경우 조선 후기인 1821년(순조 21년)에 콜레라 대유행이 발생했다. 평양에서만 한 달 동안 10만 명 이상이 사망했고, 이듬해 제주도를 포함한 조선 팔도에서 유행했다.♦ 일본에도 나가사키를 경유해 상륙한 바 있었다. 에도까지 이르기 전에 팬데믹이 마무리되었음에도 7만 명 이상의 희생자가 나왔다. 제2차 팬데믹(1826~1837년) 때는 유럽에 본격적으로 상륙하여 독일 철학자 헤겔과 프랑스 총리 페리에의 목숨을 빼앗았다.

♦  한국 관련 내용은 원 저작사의 동의를 얻어 편집자가 작성한 내용이다. 참고 자료는 책 뒤쪽 참조.

앙투안 비르츠(Antoine Wiertz, 1806–1865),
〈생매장〉, 1854년, 캔버스에 유채, 160×235cm, 비르츠 박물관

# 관에 갇힌 남자의 절규

제3차 팬데믹(1840~1860) 중에 발표된, 콜레라 작품은 아니지만 콜레라와 비슷한 수준의 무서운 상황을 그린 작품을 보도록 하자. 벨기에 낭만파 화가 앙투안 비르츠(Antoine Wiertz, 1806-1865)의 〈생매장〉이다. 실제 그림은 사람과 비슷한 크기이다.

가사상태에서 눈을 뜬 남자가 필사적으로 관뚜껑을 열어젖힌다. 자신이 수의를 입고 관에 누운 채 지하 묘소에 안치되었음을 깨닫는다. 경악과 절망으로 가득한 눈, 고함을 내지르고 있을 커다란 입……

관뚜껑 위에는 'Mort du cholera(=콜레라로 인한 사망)'라고 적혀 있다.

아마도 너무 쇠약해져서 의식을 잃은 것을 의사가 사망으로 잘못 판정한 것 같다. 콜레라 환자가 계속 운반되어 왔기에 천천히 시간을 들여 진찰할 수조차 없었다. 교회에서도 장례식이 많은 데다 감염증 사망자에게는 그리 많은 시간이 배정되지 않아 금방 묘소로 직행하기 일쑤였다. 물론 그러한 과정이 정중하게 진행되지도 않았으며, 그저 비어 있는 곳에 적당히 관을 쌓아 놓을 뿐이었다.

그림 속 주인공의 머리 쪽에 놓인 관은 거칠게 떨어뜨렸는지 측면이 부서져 있다. 옆에는 미처 관에 들어가지도 못한 유골이 흩어져 있고, 원망하는 듯한 표정의 두개골 위에 두꺼비가 자기 자리인 양 앉아 있다. 이 해골의 주인공은 행려병자였을 지도 모른다. 관을 묶어서 내린 밧줄도 감염되었을까 봐 그대로 방치된 것 같다.

주인공은 어떻게 될까?

그의 관에 거미가 기어 다니지만 그다지 심각한 일은 아니다. 문제는 그의 관에 다른 관이 덩그러니 올려져 있다는 것이다. 이를 밀어젖혀 관에서 기어 나올 체력이 아직 그에게 남아 있을 것인가?

산 채로 매장되는 공포는 토장(土葬) 문화권과 항상 함께한다. 특히 팬데믹 와중에는 그 공포가 더욱 커진다(이로부터 흡혈귀나 좀비 전설이 탄생하였다는 설도 있다).

비르츠와 동시대 사람이었던 동화 작가 안데르센은 자주 여행을 떠났는데, 숙박하는 호텔마다 침대 옆 테이블에 '죽은 것처럼 보일지도 모르겠지만 아직 죽지 않았습니다'라는 메모를 남겼다고 한다.

안데르센만의 사소한 걱정이 아니었다는 증거로 당시 '안전관'이 잘 팔렸던 사실도 들 수 있다. 안전관이란 혹시나 되살아났을 때를 대비해 관 안에서도 호흡할 수 있는 공기 튜브를 넣고 외부에 생존 사실을 알리는 벨을 단 관이었다(지금은 스마트폰을 넣는 경우도 있다고 한다).

조선에서는 1859년(철종 10년)부터 2년간 제2차 콜레라 대유행이 있었다. 당시 전국적으로 사망자는 40만 명에 이르렀다. 농민들이 전염병을 피해 도망치면서 농토가 황폐해졌고, 유이민의 증가는 수세의 감소 문제로까지 이어졌다.

어담으로, 조선에서는 본래 사람이 죽으면 수일간 시신을 두고 장례를 치른 후 땅에 묻는 것이 전통적인 풍습이었다. 그러나 콜레라로 죽은 사람에게는 이러한 장례 의식조차 불가능했다. 단 며칠간이라도 시체를 그대로 둔다면 다른 사람에게 콜레라를 전염시킬 위험이 컸고, 이미 가족 중 상당수가 사망하여 장례를 치를 노동력조차 없는 경우가 많았기 때문이다. 따라서 콜레라 유행 시기에 시체를 거리나 하천에 몰래 버리는 일이 큰 문젯거리가 되었다고 한다.✦

한편 일본에서는 페리 제독의 내항과 더불어 또 다른 습격이 있었다. 안세이(安政) 5년(1858년)의 '안세이 코로리'였다. 코로리는 '벌러덩(コロッと, 코롯토) 죽는다'는 의미로, '호랑리(虎狼痢)'✦라는 흉포한 한자들의 음을 빌려 적었을 만큼 민심을 크게 동요시켰다. 일전에는 막아냈던 콜레라이지만 결국 에도의 관문까지 뚫리게 되었고, 시내 인구 백만 명 중에서 사망자가 10만 명(30만 명이었다는 설도 있음)에 달했다. 우타가와 히로시게(歌川廣重)✦도 그중 하나였다.

---

✦　한국 관련 내용은 원 저작사의 동의를 얻어 편집자가 작성한 내용이다. 참고 자료는 책 뒤쪽 참조.
✦　【역주】각각 호랑이 호(虎), 늑대 랑(狼), 설사 리(痢)이다. 이를 일본어 음으로 읽으면 '코로리'가 된다.
✦　【역주】일본 에도시대의 우키요에(浮世繪) 화가다. 본명의 성을 따라 안도 히로시게(安藤廣重)로도 불렸다.

# 역병과 죽음을 불러오는
## 악마를 거느린 천사

제3차 팬데믹이 마무리되고 나서 고작 3년 후, 제4차 팬데믹(1863~1875년)
이 시작되었다. 지리적으로 가장 광범한 피해가 발생하였던 팬데믹으로,
당시 사람들이 페스트 팬데믹과 동일시하여 인식한 것도 무리는 아니다.
화가 역시 눈앞에 펼쳐진 실제 콜레라 재앙을 그릴 엄두조차 내지 못하였
고 상상 속 머나먼 과거의 흑사병으로 대치하는 편을 택하였다.

13장의 표지 그림, 프랑스 화가 쥘 엘리 들로네(Jules Elie Delaunay, 1828-
1891)의 〈로마의 페스트〉를 보자. 작가 고티에가 '어두운 시정(詩情)으로
가득 찬 마법 같은 작품'이라고 찬미한 역사화다.

—새하얀 날개, 냉정한 눈동자, 늠름한 육체를 가진 천사가 악마를 거느리
고 로마의 마을로 날아오른다. 정의의 증거인 장검을 쥐고 공중에 떠서 기
세등등하게 한 저택의 문을 가리킨다. 악마는 천사가 명령하는 대로 검은
철창으로 그 문을 두드린다. 하나, 둘, 셋, 점점 더 많이. 나무로 된 문이
부서져도 계속 두드린다. 그리고 문을 두드린 수만큼 안에 있는 인간은 죽
어 간다.

이것은 13세기의 성인전(聖人傳) 『황금전설』에 기록된 에피소드로, 무대는
페스트가 창궐하는 7세기의 로마다. 시체가 즐비한 길목에서 많은 사람들
이 천사를 목격했다고 한다. 그들은 입을 모아 이렇게 말했다. 천사가 악마
에게 명하여 집집마다 문을 두드리게 하고는 죽음을 내리고 있었다고.

이러한 기록에 따라 들로네는 돌바닥에 포개어져 쓰러진 사람들이나 기독교의 구원을 갈구하여 계단을 올라가는 무리(화면 왼쪽 위), 의술의 신 아스클레피오스 조각상에 기도하는 여성(화면 오른쪽 아래)뿐만 아니라 때마침 오르막길을 올라와서 천사와 악마를 목격하고 깜짝 놀란 두 사람(화면 중앙)이나 건물 옥상에서 내려다보는 사람(화면 중앙에서 가까운 오른쪽 위)까지 빠짐없이 그려 넣고 있다.

역병과 죽음을 불러오는 천사라니!

〈소돔과 고모라〉가 나온 3장에서 설명하였듯이 천사는 '신의 사자'이고, 반드시 인간의 편은 아니라는 것을 다시 한번 되새기게 된다.


## 얼룩무늬 꼬리와 칠흑 같은
## 깃털을 가진 괴물, '페스트'


제5차 팬데믹(1881~1896)이 한창일 때 로베르트 코흐(Robert Heinrich Hermann Koch, 1843-1910)가 콜레라균을 발견하면서(1883년), 비로소 희망의 빛이 보이기 시작하였다. 그러나 팬데믹은 곧바로 제6차(1899~1923)로 이어졌다. 공식 보고에 의하면 1865년부터 1917년까지의 약 반세기 동안에만 콜레라의 희생자는 2,300만 명이었다. 그 이전과 이후를 더해보면 족히 배 이상은 될 것이다.

독일과 이탈리아에서 활약한 스위스인 화가 아르놀트 뵈클린(Arnold Böcklin, 1827-1901)이 말년에 그린 템페라화 〈페스트〉는 미완성임에도 불구하고 강렬한 인상을 남겼다. 들로네의 작품이 '어두운 시정'이었다면, 이쪽은 '독버섯처럼 화려한 광경(vision)'으로 특징지을 만한 작품이다.

근대 이후로 의료가 크게 발전하였는데도 흉흉한 역병 유행이 계속 반복되는 것은 정녕 하늘의 뜻인 것일까? 예전의 페스트처럼 콜레라가 다시금 유럽 인구의 3분의 1을 휩쓸어가지는 않을까? 이와 같은 사람들의 공포를 더욱 부채질하듯이 뵈클린은 현실을 들이밀었다. 사신이 커다란 낫을 휘두르며 전 세계를 날아다니고 있는 현실을.

기분 나쁜 얼룩무늬의 굵고 긴 꼬리와 새까만 날개를 가진 괴물 '페스트'는 찌그러진 머리 쪽에서 독을 품은 연기를 끊임없이 토해낸다. 그 등에 거꾸로 걸터앉은 사신은 해골로 변해가는 듯하다. 도망치려고 허둥지둥하며 몸을 웅크린 사람들의 마지막 숨통을 끊기 위하여 흐느적거리는 큰 낫(오른쪽 다리도 그렇지만, 이는 미완성이라서 그렇게 보이는 것뿐이다)을 휘두른다.

화면 깊은 곳, 아직 괴물의 모습을 볼 수 없을 만큼 먼 거리의 사람들도 픽픽 쓰러지기 시작한다.

독이 있는 연기가 거기까지 퍼졌기 때문이다. 공기 감염이라는 사실이 알려졌기에 나올 수 있는 표현이다. 정확히 말하면 페스트는 비말감염이지만, 기침 등으로 인해 균이 공기 중에 튀어 흩어지고 그것을 흡입하면 감염되기 때문에 일반인에게는 비슷하게 느껴졌을 것이다.

아르놀트 뵈클린(Arnold Böcklin, 1827–1901),
〈페스트〉, 1898년, 나무에 템페라, 149.5×105.1cm, 바젤 시립 미술관

비슷한 시기 일본도 콜레라 재앙에 괴로워하고 있었다. 래프카디오 헌✦은 「콜레라 유행기에」(『마음—일본의 내면생활의 암시와 영향』의 한 편) 중에서 감염 경로를 이렇게 적고 있다.

'이번 전쟁에서 지나(支那)✦의 가장 큰 아군이 있다. 그 녀석은 완전히 귀머거리에다 눈도 멀었고, 평화 조약이든 뭐든 시종일관 아무것도 모른다고만 하고 있다. 그 녀석은 이렇게 한창 더울 때 귀환하는 일본군들의 뒤를 쫓아와서, 승리의 기쁨에 젖은 일본에서 3만 명을 죽였다.'(히라이 테이이치(平井呈一) 역, 이희재 중역)

'이번 전쟁'이란 1894년 청일전쟁을 가리킨다. 전쟁 당시 만주에서 시작된 콜레라에 감염된 일본 병사들이 귀향하면서 본의 아니게 전염병을 퍼트린 것이다. 그리고 이와 같은 만주발(發) 팬데믹은 청일전쟁의 실제 전장이었던 한반도에 급격하게 퍼졌고, 주요 격전지인 평안도에서만 6만여 명, 조선 전역에서 약 30만 명에 이르는 콜레라 희생자를 낳았다. 개항한 조선은 강대국의 이권 쟁탈을 위한 전쟁터였는데, 전쟁으로 인한 피해보다도 콜레라 유행의 피해가 상당하였다고 한다.✦ 들로네가 역병을 '악마를 거느린 천사'로, 뵈클린이 '괴물을 타고 있는 사신'으로 그렸다면 헌은 '모든 것을 한 귀로 듣고 흘리며 모르쇠로 일관한 녀석'으로 표현하였다.

지금 현재, 전 세계를 괴롭힌 신형 바이러스 코로나에 대해서 훗날의 화가나 작가들은 어떤 모습으로 예술화하게 될까?

---

✦ 【편집자주】 고이즈미 야쿠모(小泉八雲), 일본으로 귀화한 영국 작가.
✦ 【편집자주】 중국을 이르는 말
✦ 한국 관련 내용은 원 저작사의 동의를 얻어 편집자가 작성한 내용이다. 참고 자료는 책 뒤쪽 참조.

# 14장

## 아일랜드의
## 감자 기근

아일랜드의 근현대사는 영국에 의한
수탈과 박해의 역사였다. 기근으로 궁핍해진
아일랜드인들의 참상을 화가들은 영국에 대한
분노와 저항 의식을 담아 작품에 남겼다.
그 일부를 여러분께 소개한다.

**대니얼 맥도널드** Daniel MacDonald, 1820-1853

〈아일랜드의 소작농 일가, 병들어 말라버린 저장품 발견〉, 1847년

# '아이를 먹으면
# 빈곤 문제는 해결된다'

아일랜드의 근세사는 영국 지배의 역사라고 말해도 과언이 아니다. 1649년
에 크롬웰이 청교도 혁명으로 실권을 잡자, 가톨릭 국가였던 아일랜드는
개신교 국가 영국의 식민지로 전락했다. 종교적으로 박해를 받는 건 물론
이고 토지 대부분도 수탈당했다. 이후 아일랜드인들은 바다 건너편에 사는
영국인 지주에게 토지를 빌려 소작인이나 소농으로서 계속 착취되었다.

『걸리버 여행기』로 유명한 영국계 아일랜드인 작가 조나단 스위프트는 아일
랜드의 자유와 독립을 외치며 펜으로 싸웠는데, 1729년에는 「아일랜드 빈
민의 자식들이 부모 및 나라의 부담이 되는 것을 막고 국가와 사회에 유익
한 존재답게 만들기 위한 온건한 제안」이라고 제목 붙인 풍자 문서를 발표
하였다. 그 내용은 실로 놀라웠다. 그는 다음과 쓰고 있다.

'런던에서 알게 된 아주 박식한 미국인이 분명히 말하기를, 건강하게 잘 길
러진 아이는 한 살 때가 가장 맛있고 영양분도 풍부하며 건강에 좋다. 스
튜로 만들어도 좋고 굽거나 볶거나 삶아도 좋다고 한다.'

'나는 거지의 자식(이 중에 소작인, 노동자, 자작농의 5분의 4가 포함되어
있다고 생각한다) 한 명의 양육비는 의복까지 해서 1년에 총액 2실링이라고
이미 계산한 바 있다. 잘 살찐 아이의 시체에 10실링도 선뜻 내지 않으려는
신사는 설마 없을 것이다.'(야마모토 카즈히라(山本和平) 역, 이희재 중역)

요컨대 자식을 부자의 식용 고기로 바치면 빈곤 문제는 해결된다는, 그로
테스크한 블랙 조크를 듬뿍 담은 통렬한 고발이었다. 과연 걸리버의 작가

라면서 쓴웃음을 짓고 싶지만, 구소련 시절 우크라이나 기아의 처참한 실태를 알게 된 지금은 오히려 그 현실성에 등골이 오싹해지는 듯하다.


## '빈민의 빵' 감자를 습격한 전염병

스위프트의 분노에 영국이 그리 크게 공감하지 않았음은 약 1세기 후인 1845년부터 5년간 계속된 19세기 유럽 최악의 대기근, 소위 '감자 기근'에 이르러 분명해진다.

감자는 콜럼버스가 남미에서 들여온 새로운 식재료로, 비옥하지 않은 토지에서도 잘 자라고 영양가가 높으며 보존도 용이하여 '빈민의 빵'이라고 불렸다.

냉해로 자주 골머리를 앓던 각국의 절대군주들이 이 '빵'을 국민에게 권장한 사실은 잘 알려져 있다. 프랑스에서는 혹 같은 모양과 새싹의 독을 꺼려서 오랫동안 동물의 사료로 쓰였지만, 마리 앙투아네트가 감자꽃을 몸에 달고 호소하면서 서서히 일상 식품으로서 전파되어 갔다. 대중에 알려지지 않은 그녀의 공적 중 하나다.

한편 아일랜드에서는 인구의 절반이 감자만으로 연명하고 있는 상황이었다. 원체 밀과 가축 대부분이 영국으로 강제 수출되어 그들의 입에는 들어갈 것이 없었다(끔찍하지만 대기근이 한창일 때조차 강제 수출은 멈추지 않았다). 버터나 국에 넣을 고기도 없는 사람에게 감자만큼 맛있는 음식은 없었다. 게다가 당시 그들이 먹고 있던 감자는 단일 재배를 반복하였기 때문에 투양이 피폐해진 바람에 영양가까지 낮아서 있었다. 그럼에도 불구하고 몇 개월분의 식량을 확보할 수 있다는 것은 매우 든든하였기에 아일랜드인들의 과도한 감자 의존은 오래도록, 질병이 만연해질 때까지 계속되었다.

여기서 말하는 질병이란 북아메리카에서 들어온 것으로 감자 역병, 또는 청고병(靑枯病)으로 불리는 전염병이었다. 잎이 누렇게 변하면 이미 땅속의 감자는 대부분 진균에 의해 거무스름해지고 썩은 냄새를 풍기며 전멸해 있었다.

아일랜드의 젊은 화가 대니얼 맥도널드(Daniel Macdonald, 1821~1853)는 자신의 눈으로 직접 목도한 현실을 유채화로 남겼다. 제목은 〈아일랜드의 소작농 일가, 병들어 말라버린 저장품 발견〉(14장의 표지 그림)이었다.

그림 속 가족은 밭에 심은 감자가 괴멸되었음을 확인하고 서둘러 비축장소로 이동해 덮어두었던 건초와 흙을 치워보았을 것이다. 대가족이 2~3개월은 족히 버틸 수 있는 감자 양이었으나 이 또한 전부 썩어 있었다. 백발의 가장은 하늘에 눈을 흘기지만 화면 오른쪽에서 검은 구름이 —희망 따위 없다고 말하는 것처럼— 가까이 다가온다. 그의 아들은 분한 듯이 양손을 비비고, 그 옆의 아내 같은 여성은 굶어 죽을지 모른다는 공포와 절망에 사로잡혀 얼굴을 가린다. 울지도 않고 가만히 감자를 내려다보는 소녀는 어린 나이에 이 상황을 감내하려 애쓴다…….

본 작품은 1847년에 런던의 브리티시 인스티튜트에 전시되었다. 설령 무명 화가의 작품이라고 해도 굶주림의 현장에서 당사자의 분노를 머금은 화필이 영국 엘리트 미술 집단의 마음도 뒤흔들지 않았을까? 그러나 실제 현실은 달랐다. 당시 그들의 눈을 가장 사로잡은 것은 옛날 아일랜드 궁정을 화려하게 그린(지금은 이미 잊혔다) 다른 화가의 작품이었다.

아일랜드에서 강제 수입한 밀로 빵을 만들어 배불리 먹고 있는 영국인들에게 이교도 빈민의 기근은 '하늘의 뜻'일 뿐이었던 것이다.


## 굶주린 아이들, 여섯 구의 시체

그러면 리얼한 스케치라면 어떨까?

같은 해, 아일랜드인 일러스트레이터 제임스 마호니(James Mahony, 1810-1879)의 작품 〈카헤라의 소년과 소녀〉가 「The Illustrated London News」에 실렸다.

화가 본인이 기록한 바에 의하면 카헤라의 도로에서 굶주린 아이들이 감자를 찾아 땅을 맨손으로 헤집었고, 그곳에서 그리 멀지 않은 장소에서 여섯 구의 시체가 해골이 되어 나뒹굴고 있었다고 한다.

이러한 참상을 영국에게도 널리 알리고자 하는 마음을 담아, 미화하지 않고 있는 그대로 그린 것이다. 아마 이들의 조부모와 부모는 모두 먼저 죽었을 것이다. 아이들은 너덜너덜 찢어진 옷을 입고 맨발로 돌아다닌다. 이렇게 될 때까지 얼마나 고생했을지, 아이다움을 상실한 야윈 몸과 험악한 표정을 보면 가슴이 아파진다.

제임스 마호니(James Mahony, 1810-1879)
〈카헤라의 소년과 소녀〉, 1847년, 런던 뉴스(London News) 삽화

그러나 이 작품에 대해서도 영국의 반응은 여전히 미적지근했다. 게다가 앞서 설명한 것처럼 기근이 발생했던 5년간에도 줄곧 아일랜드는 영국으로 식량을 강제 수출하고 있었다. 영국의 원조는 건설 등의 공공사업 시행으로 고용을 촉진하려고 했던 것(굶주려 죽기 직전의 사람에게 육체노동이라니……), 전 세계에서 의연금을 모금하고 관리한 것(중간에 빼돌렸을 것으로 의심된다), 그리고 빅토리아 여왕의 사재에서 2천 파운드(세계 유수의 대부호인데도)를 기부한 것 정도다.

마지막 원조 건에 관해서는 더욱 경악할 만한 이야기가 남아 있다. 오스만 제국의 압뒬메지트 1세가 1만 파운드의 지원금을 공표하자, 영국 정부가 황급히 1천 파운드로 금액을 줄여달라고 요청한 것이다. 오스만 제국에서 빅토리아 여왕보다 더 많은 지원금을 내면 영국의 체면이 난처해지기 때문이었다. 압뒬메시드 1세는 그 요청을 받아들여 현금 지원을 1천 파운드로 줄였으나, 영국의 방해에도 굴하지 않고 배에 식량을 잔뜩 실어 아일랜드 항구에 두겠다는 세련된 계책을 펼쳤다.

영국이 아무것도 하지 않고 아일랜드인들을 방치한 데 대하여 공식 사죄한 것은 무려 1세기 반이나 지난 후인 1997년, 블레어 총리 재임기였다.

당시 국세조사가 확립되기 전이었기에 감자 기근의 희생자 수는 추정치에 불과하지만, 기근이 발생하고 나서 수년 동안 아사자 내지는 영양실조로 인한 병사자 수는 약 100만에서 150만 명이었다. 그 후 아일랜드를 포기하고 영국, 미국, 캐나다, 오스트레일리아로 이주한 사람 수도 100만 명 이상이었다고 한다(항해 도중에 죽은 사람도 상당히 많았다. 특히 아이들은 대부분 도착 전에 죽었다).

미국으로 건너간 농민 중에 존 F. 케네디의 증조부가 있었던 사실은 널리 알려져 있다. 만약 감자 기근이 없었다면, 이 세상에 케네디 대통령은 영영 존재하지 않았을지도 모른다. 이처럼 운명이란 참으로 불가사의한 것이다.

## 영국을 떠나가는
## 가족의 의미

또 다른 작품 하나를 살펴보자.

감자 기근 때의 아일랜드인에게는 천국처럼 보였을지도 모르지만, 영국의 도회지에도 빈곤으로 괴로워하는 사람들은 득시글하였다. 확연한 계급 격차를 바탕으로, 각지에서 난민이 유입되어 빈민가가 확대되고 있었다(호거스의 작품 〈진 거리〉가 생각나기도 한다).

심지어 기근으로부터 탈출해 온 아일랜드인들까지 더해지면, 마치 굴러온 돌이 박힌 돌을 빼내듯 이번에는 영국을 떠나는 사람이 많아지기 마련이다. 1840년대에 연간 9만 명이었던 이주민은 1850년대가 되면서 28만 명으로 증가하였다.

이 폭발적인 증가는 감자 기근 때문만이 아니라 마침 미국과 오스트레일리아가 골드 러쉬로 들끓기 시작하였던 점도 크게 작용하였다. 조국에서 행려병자가 되기보다는 일확천금의 꿈을 안고 이민선에 올라타는 편이 나았을 테니!

영국인 화가 포드 매덕스 브라운(Ford Madox Brown, 1821–1893)의 작품 〈영국에서의 마지막 날〉에도 화면 깊숙한 곳, 구명보트에 '엘도라도(황금의 도시)'라는 문자가 적혀 있다. 젊은 부부의 목적지는 바로 그곳이다.

본 작품은 영국인들이 특히 좋아하는 회화다. 조국과의 이별에 만감이 교차하는 표정을 지은 두 사람은 격렬한 파도 때문에 튀어 오르는 물보라를 우산으로 막아내면서 새로운 세상으로 향해 가는 기대와 불안을 안고 있다.

포드 매덕스 브라운(Ford Madox Brown, 1821–1893),
〈영국에서의 마지막 날〉, 1855년, 판넬에 유화, 82.5×75cm, 버밍엄 박물관 신탁

조마조마한 얼굴이면서도 아내는 남편보다 각오를 나시고 있는 것처럼 보인다. 아내는 검은 장갑을 낀 오른손으로 격려하듯이 남편의 손을 꼭 쥔다.

여자는 강하다?

아니, 어머니이기에 강한 것이다.

이 그림에는 미스터리를 좋아하는 영국답게 수수께끼나 복선, 의외의 면모들이 숨어 있다. 먼저 이렇게 외곽을 둥글게 하는 형식을 톤도(Tondo)라고 하는데 르네상스 시대의 성화에 자주 사용된 것이다. 톤도 형식의 대표 작품인 〈의자에 앉은 성모〉나 미켈란젤로의 〈톤도 도니(성 가족)〉을 모르는 사람은 드물 것이다. 마찬가지로 본 작품 역시 톤도를 활용한 성화라고 할 수 있다.

이 부부가 성스러운 존재라는 말인가?

그렇다. 왜냐하면 망토의 이음매 부분에 보이는 그녀의 왼손을 주목해보자. 왼손으로 작디작은 손을 부드럽게 감싸고 있지 않은가!

망토 안에 갓난아기가 있다. 이를 깨달은 순간, 망토로 둘러싸인 갓난아기의 모습이 아른아른 떠오르면서 톤도로 그려진 세 명의 가족과 오버랩된다. 다시 말해, 이들은 요셉과 성모 마리아, 그리고 아기 예수인 것이다.

본 작품을 감상하는 현대 영국인들은 감자 기근과 이민 정책, 골드 러쉬 등의 역사를 상기하는 동시에 새로운 세계로 용감히 향했던 조상들에게 거룩함까지 느끼게 될 것이다.

# 15장

## 결핵 로맨티시즘과 현실

다양한 예술작품에서 이래저래 미화되어
로맨틱하게 그려지곤 하는 결핵.
그러나 '하얀 페스트'로도 불리는 이 감염병은
산업혁명과 함께 급격히 확산되었고, 많은 사람들의
목숨을 거두어갔다. 결핵에 관련된 회화와
역사 에피소드를 살펴보도록 하자.

**에드바르트 뭉크** Edvard Munch, 1863-1944

〈병든 아이〉, 1885~86년, 캔버스에 유채, 119.5×118.5cm, 오슬로 국립미술관

# 뭉크가 그린 병상의 소녀

〈병든 아이〉는 〈절규〉로 유명한 노르웨이인 화가 에드바르트 뭉크(Edvard Munch, 1863-1944)가 결핵을 소재로 그린 작품이다.

꽤 오래 전의 일이지만, 필자는 스웨덴에서 개최된 뭉크 전(展)에서 이 그림을 본 적이 있다. 실물 작품보다도 미술관 입구의 거대한 패브릭 간판을 통해 먼저 보았다. 세찬 바람이 불고 싸락눈까지 내리던 어느 추운 날, 그림 속 소녀가 희미하게 흔들리며 당장이라도 등에 날개가 돋아 날아갈 것만 같다는 생각이 들었다.

이러한 비통함과 아름다움은 소녀의 결핵을 자기 일처럼 안타깝게 여긴 화가의 시선으로부터 비롯되었다. 병상에 누운 창백한 뺨의 소녀는 뭉크가 가장 사랑했던 누나로, 15세의 어린 나이에 죽음을 맞이했다. 어머니도 결핵으로 이미 세상을 떠난 탓에 2살 터울의 누나가 줄곧 어머니 역할을 해주었다고 한다. 어머니를 두 번이나 잃고 상실감에 직면한 소년 뭉크에게 이 장면은 평생에 걸쳐 절대 잊지 못할 강렬한 인상을 남겼다(본 작품의 제작은 누나의 죽음 이후로 거의 10년 후이다). 그림에서 소녀의 옆에 있는 사람은 이모다. 그녀는 조카의 죽음을 예감하고 절망에 빠져 얼굴조차 들지 못하고 있다. 흐느껴 울고 있는지도 모른다. 오히려 소녀가 자애로움이 가득 담긴 눈으로 이모를 감싸며 달래주고 있다. 이 세상을 떠날 준비를 마친 소녀는 점점 천사로 변해 간다…….

의사였던 뭉크의 아버지는 딸이 죽은 후 광기에 가까운 신앙심에 사로잡혔고, 여동생은 정신병원에 입원하였다. 뭉크는 "병과 광기와 죽음이 일평생 나를 따라 다녔다"고 썼다.

원래부터 허약했던 그는 자신도 결핵에 걸릴까 봐 줄곧 두려워했다. 당시 결핵을 유전성 질병이라고 생각한 사람들이 많았던 것은 가정 내에서의 감염이 많았기 때문이다. 다행히도 뭉크는 —전 애인에게 총을 맞아 손가락이 날아가고, 스페인 독감에 감염되고, 정신병원에 입원하는 등 다사다난했지만— 80세까지 장수하였다.


## 결핵은 평범한 사람보다
## 미녀나 예술가를 찾아 온다?

폐결핵 환자는 아주 오래전부터 존재하였고 이집트의 미라에서도 그 흔적을 발견할 수 있다. 동양에서는 '노해(癆咳)'라고 불렀다. 야위어 쇠약해진다는 의미의 '노(癆)'와 기침을 뜻하는 '해(咳)'의 조합에서 당시 결핵의 이미지를 상상할 수 있다.

결핵균은 비말을 통해 공기 중에 확산되며 이를 흡입함으로써 폐에 들어간다. 초기에는 기침, 가래, 미열, 나른함 등의 감기 증상이지만 악화되면 피가 섞인 가래가 생기거나 피를 토하고, 폐가 괴사되면서 생기는 구멍이 커져서 마지막에는 호흡곤란으로 사망에 이른다.

콜레라 등과 같은 급성 감염증이 아니라 오랜 투병 끝에 죽는 사례가 많아서, 의외로 사망자 수는 집단 패닉을 일으킬 만큼 많지는 않다. 무엇보다 '남에게 옮기는 병'이라는 인식이 없어서 어디까지나 개인적 사안으로 취급되었다.

그런데 18세기 후반 산업혁명 시대를 맞이하면서 모두의 시야에 대유행이 희미하게나마 들어오기 시작한 후, 정확히 말하면 중상류층에도 번져가기 시작한 후 결핵을 향해 스포트라이트가 비추어졌다. 그 당시 시류였던 낭만주의와 맞닿으면서 한갓 질병이 미화되고 신화화된 것이다. 감염자의 피부를 투명할 정도로 푸르고 하얗게 만들고, 뺨을 장밋빛으로 물들이고, 눈동자가 촉촉해지며, 성욕을 증진시키고, 나른한 포즈를 취하게 하는 증상까지도 결핵 신화에 공헌하였다. 심지어는 결핵 화장까지 유행하였다(조세핀이 이 화장으로 나폴레옹의 분노를 산 일이 잘 알려져 있다).

옛날 사람들은 결핵이 평범한 사람보다 오히려 아름답고 섬세한 여성이나 젊고 재능 있는 예술가를 노려 덮친다고 믿었다. 확실히 많은 예술가의 목숨을 빼앗기는 하였다. 한번 열거해 보자. 괄호 안은 사망했을 때의 나이다.✦

---

✦  한국 관련 내용은 원 저작사의 동의를 얻어 편집자가 작성한 내용이다. 참고 자료는 책 뒤쪽 참조.

**시인·작가:** 나도향(24), 존 키츠(25), 이상(26), 김유정(29), 마사오카 시키
(34), 프란츠 카프카(40), 안톤 체호프(44), 프리드리히 실러(45),
조지 오웰(46)

**화가:** 오브리 비어즐리(25), 아오키 시게루(28), 김용조(29), 테오도르 제리코
(32), 아메데오 모딜리아니(35), 앙쿠안 바토(36)

**음악가:** 타키 렌타로(23), 김능인(25), 빈첸초 벨리니(33), 카를 마리아 폰
베버(39), 쇼팽(39), 남인수(43)


당시 낭만주의에 빠진 건강한 예술가들이 어떤 시선으로 병약한 예술가를
바라보고 있었는지는 두 가지 사례를 통해 알 수 있다. 독일에서 추방된
유대인 시인 하이네는 파리 사교계에서 인기가 많았던 이탈리아인 작곡가
벨리니와 만나게 되었다. 하이네는 벨리니가 인기를 얻기 위해 결핵 환자로
위장하였다고 의심하면서, 자네는 머지않아 죽을 것이라고 몇 번씩 심술궂
게 조롱하며 기뻐했는데, 벨리니는 정말로 결핵 말기 환자였고, 얼마 지나
지 않아 사망했다. 한편 젊은 시절 바그너는 베버의 〈마탄의 사수〉에 열광
하였고, 결핵에 걸려 홀쭉해진 그의 몸매를 고귀함과 결부시키고는 동경하
였다고 한다.

# 쇼팽의 '이별'
# 결핵이 부른 감정의 갈등

이윽고 결핵은 '하얀 페스트'로 불리게 되었다. 페스트의 다른 이름인 '흑사병'(감염되면 내출혈로 피부가 거무스름해진다)과 대비시킴과 동시에 결핵이 페스트와 마찬가지로 치명적인 병이라는 사실까지 전할 수 있는 명칭이었다.

그럼에도 여전히 공기 감염의 가능성은 고려되지 않았다. 코흐의 결핵균 발견이 1882년, 왁스먼의 스트렙토마이신 발견이 1944년의 일이었기에 어쩔 수 없는 일이었지만, 시골의 따뜻한 땅에서 요양하며 영양가 있는 식사를 하는 것이 거의 유일한 치료법이었다. 그마저도 건강한 사람과의 격리도 이루어지지 않았다. 동시대의 오페라 〈라 트라비아타〉에서 고급 창부인 여자 주인공이 이브닝 파티를 자주 개최하고, 그녀가 결핵임을 알고 있으면서도 많은 손님이 모여든 것은 전혀 기묘한 일이 아니었다.

젊은 결핵 환자, 특히 예술가는 죽어가는 모습까지도 미화되었다. 프랑스인 화가 펠릭스 조제프 바리아스(Félix Joseph Barrias, 1822-1907)가 그린 〈쇼팽의 죽음〉이 좋은 예다.

화면 왼쪽의 침대에 '피아노의 시인'이라고 칭송받던 쇼팽이 누워 있다. 눈 아래가 거뭇하게 물들었지만 눈동자는 아름답게 빛나고, 피아노를 치는 여성을 바라보면서 마지막 힘을 쥐어짜 왼팔을 뻗는다.

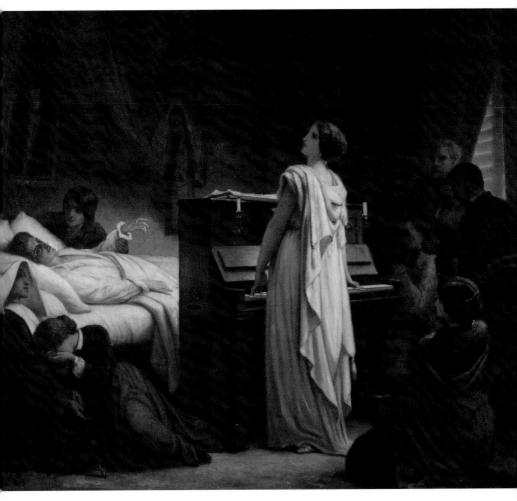

펠릭스 조제프 바리아스(Félix Joseph Barrias, 1822–1907)
〈쇼팽의 죽음〉, 1885년, 캔버스에 유채, 110×131cm, 크라쿠프 국립미술관

그 팔을 지지해 주는 검은 옷의 여성은 절망한 얼굴로 눈을 크게 뜨고 있다. 이미 꺼져 있는 피아노 앞의 촛불처럼 그의 생명의 불꽃이 꺼져가고 있음을 알아차린 듯하다. 그녀는 쇼팽과 10년 가까이 함께 살았던 작가 조르주 상드일까? 그리고 피아노를 치는 사람은 인간이 아니라 음악의 뮤즈가 강림한 것이 아닐까?

모두 틀렸다. 화가는 쇼팽의 마지막 순간에 입회한 사람들을 충실히 반영하였다. 그리고 상드는 그의 죽음을 함께하지 않았다.

쇼팽은 전 연인의 방문을 간절히 기다리고 있었으나 그 대신 찾아온 사람은 상드가 첫 남편과의 사이에서 낳은 딸 솔랑주였다. 지금 그녀는 침대 옆에서 수녀의 가슴에 기대어 울고 있다.

검은 옷을 입은 여성은 쇼팽의 누나 루드비카다. 피아노를 치면서 뮤즈처럼 노래하고 있는 사람은 한때 실제로 쇼팽의 뮤즈였던 포토츠카 백작 부인이다. 그녀는 헨델의 〈데팅겐 테 데움〉을 노래했다고 전해진다. 옆에 앉아 있는 사람은 쇼팽에게 피아노를 배운 차르토리스카 공작부인이다.

오른쪽에는 세 명의 남성이 있다. 하얀 사제복 차림은 신부다. 그 옆에서 기도하는 흑발의 주인공은 쇼팽의 친구이자 화가인 크비아트코프스키다. 이후에 그는 죽어가는 쇼팽을 묘사한 작품들을 그리게 되었다. 가장 안쪽에 서 있으면서 머리도 수염도 하얗게 센 남자는 오래전부터 상드와 쇼팽의 친구였던 그지말라 백작으로, 그는 두 사람에 대하여 이렇게 말했다. "만약 상드와 만나지 않았다면 쇼팽은 더 오래 살았을 것이다."

쇼팽과 상드의 연애는 다양한 전기 작가들이 가지각색으로 해석하여 그리고 있다.

그들의 이별 사유가 결핵 악화로 인한 감정적 갈등이었음은 틀림없다. 병은 때때로 사람을 변하게 하고 주변 사람도 바꿔 버린다.


## 육체노동자의 평균 연령은
## 겨우 15세였다

이래저래 시간이 지나면서 결핵 신화는 희미해져 갔다. 이 질병의 리얼리즘이 로맨티시즘을 압도했기 때문이다.

감염률이 높아지고, 결핵 환자를 볼 기회가 많아지면서 병증의 심각성을 알게 되는 사람도 늘어났다. 더 이상 미인박명이라는 둥 예술가를 요절하게 만드는 병이라는 둥 태평한 말을 하고 있을 수 없었던 것이다.

앞서 설명하였듯 결핵은 산업혁명과 함께 대두된 병이었다. 도시로의 인구 집중, 대기오염, 비위생적인 환경, 빈민의 가혹한 노동과 영양불량은 결핵균의 온상이 되었다. 가장 먼저 산업혁명을 달성한 영국이 이 감염증의 공포에 직면하게 되었다. 런던에서는 육체노동자 5명 중 1명이 결핵으로 죽었다고 추산될 정도였다.

중상류층으로까지 순식간에 퍼진 것은 바깥에 나가면 각 계층 간의 접점이 많았기 때문이었다. 그중 한 순간을 영국인 화가 윌리엄 파웰 프리스(William Powell Frith, 1819~1909)의 〈도로 청소부〉에서 볼 수 있다.

이것이 어떤 장면인지 현대인은 바로 알아채기 어려울지도 모른다. 여기는 런던 중심부의 교차점(원제는 〈The Crossing Sweeper〉)이다. 마차 왕래가 급격히 증가한 세태는 화면 왼쪽에 줄지어 대기한 마차(지금으로 말하면 택시)를 보면 충분히 상상할 수 있다. 당시에는 마차에 치이는 사고도 많았고 말똥도 한 무더기였다. 창문에서 쓰레기를 투척하는 사람도 있었으며, 비나 안개가 일상이라서 도로는 온통 먼지와 말똥, 진흙투성이였다. 그로 인하여 청소부가 등장하게 되었다. 이 일은 굴뚝 청소부와 마찬가지로 오직 고아원 출신의 작은 소년들만 담당하였다.

그림의 여성은 단정한 정장을 갖춰 입었으나 개인 마차나 데리고 다니는 시종도 없는 것으로 보아 상류층 저택에서 일하는 사람일지도 모른다. 치맛자락이 더러워지지 않도록 살짝 걷어 올리고 거리를 가로질러 가려는 참이다. 곧바로 도로 청소부 소년이 다가와서 그녀에게 인사한다. 소년의 바지 무릎은 찢어져 있고 맨발 차림이다. 그녀가 가는 길을 먼저 앞질러 빗자루로 쓸어주고 팁을 얻으려는 것 같지만 정작 그녀는 팁 줄 생각이 전혀 없어 보인다. 그녀로서는 밖에 돌아다닐 때마다 이런 소년이나 성냥팔이, 꽃을 파는 소녀가 말을 걸어와서 성가시게 하다 보니 아예 처음부터 무시하게 되었을 것이다.

엥겔스에 따르면 육체노동자의 평균 수명은 15세였다고 한다. 그들의 자식 중 6할 가까이가 5세 미만의 나이로 사망했으므로, 평균을 계산하면 그렇게 될 법하다.

결핵은 국민병이었고, 이 가난한 소년이 이미 감염되어 있다 해도 이상하지는 않다. 공기로 감염되기 때문에 소년이 말을 건 여성이 지금 이 순간 옮았을 가능성도 있다. 그녀가 어딘가에 있는 저택으로 출근하는 길이었다면 다음에는 그곳 사람들에게도 옮기게 될 것이다. 이러한 과정으로 하얀

윌리엄 파웰 프리스(William Powell Frith, 1819–1909)
〈도로 청소부〉, 1858년, 43×35.5cm, 런던 박물관

페스트는 점차 확대되었다. 산업화가 일어난 다른 나라 어디에서든 비슷한 일이 일어났다.

BCG 백신의 접종으로 하얀 페스트에 대한 공포는 옅어졌다. 그러나 결핵 감염자가 크게 줄었다고 해도 아직 완전히 사라진 것은 아니다. 인류가 완벽하게 몰아낸 감염증은 오로지 천연두뿐이다. 인류는 결핵과도, 코로나와도 계속 관계를 가지고 살아야만 하는 것이다.

# 16장

## 제1차 세계대전과
## 스페인 독감

20세기 초엽의 제1차 세계대전과 이를 종결시켰다고

알려진 팬데믹. 이미 사진의 시대가 도래하였지만,

화가들은 회화적 표현을 활용하여 생생한 공포를

전해 주었다. 21세기에도 읽히는 명화와

그 에피소드를 소개하고자 한다.

**존 싱어 사전트** John Singer Sargent, 1856-1925

〈가스〉, 1919년, 캔버스에 유채, 231×611cm, 런던 임페리얼 전쟁 박물관

# 가스 공격으로
# 눈이 보이지 않게 된 병사들

1914년 6월 말, 합스부르크 가문의 황태자 부부가 사라예보에서 세르비아인에게 암살당했다. 당시 이곳은 오스트리아령이었기에 7월 말, 오스트리아–헝가리 제국은 세르비아에 선전포고했다.

이리하여 제1차 세계대전의 서막이 올랐다⋯⋯는 이야기인데, 아직 '제1차 세계대전'이라는 명칭은 만들어지지 않은 상태였다. 발칸반도에서의 사건이 세계적 규모의 전쟁으로 확대될 것이라고 예상한 사람은 거의 없었고, 더구나 한 번으로 끝나지 않고 두 번이나 세계대전이 일어날 만큼 인류가 어리석다고도 상상하지 못했다. 따라서 이러한 역사적 용어의 정착은 제2차 세계대전이 발발한 1939년 이후의 일이다. 그전까지는 '유럽 전쟁' 혹은 '대전쟁'으로 불리고 있었다.

유럽의 각국은 애초부터 전쟁의 불씨를 품고 있었기에 이래저래 서로 뒤엉켜 빠르게 참전하는 양상을 보였다. 세르비아를 뒤에서 지원하고 있던 러시아가 먼저 오스트리아에 선전포고하였고, 동맹국 프랑스도 그 뒤를 이었다. 즉각 오스트리아의 동맹국인 독일이 러시아, 프랑스에 선전포고하고 중립국 벨기에에 침입했다. 그에 반발한 영국이 독일에 선전포고했다.

신기하게도 어느 나라든 크리스마스 전에는 결론이 날 것이고, 나아가 자기 나라가 이길 것이라고 막연히 믿고 있었다. 페인트로 '파리로의 하이킹'이라고 쓴 군용 열차에 타서 쾌활하게 손을 흔드는 독일 병사들의 사진이 지금도 남아 있다. 마찬가지로 프랑스 측도 '베를린 근접'이라는 구호를 외치고 있었다.

여기까지는 분명히 '유럽 전쟁'이었지만 연쇄 작용은 멈추지 않았다. 각각의 식민지로까지 불똥이 튀었을 뿐만 아니라 터키, 이탈리아, 일본, 더 나아가 미국까지 참전하면서 전대미문의 '총력전'이 4년이나 이어지게 되었다. 급속히 발달한 과학기술은 전쟁터를 지금까지 한 번도 본 적 없는 지옥으로 바꿔버렸다. 기마전과 참호전 등 전통적인 전법과 병행하면서 비행기나 잠수함 등 3차원 무기, 전차와 독가스라는 새로운 무기, 살상 능력이 개량된 총기가 일반 시민들까지도 전쟁에 말려들게 하였다.

유럽에서 활약한 미국인 화가 존 싱어 사전트(John Singer Sargent, 1856-1925)는 영국의 종군 화가로서 전장에 부임하였고, 자기 눈으로 목격한 충격적인 광경을 약 2.3x6.1m의 큰 화면에 그렸다. 제목은 〈가스〉였다. 이미 사진의 시대이긴 했지만, 회화적 표현만의 생생한 공포를 전해주고 있다.

여기는 1918년 여름 서부전선(그림의 완성은 다음 해)이다. 흰 석양이 가라앉는 와중에 독일군의 겨자 가스 공격으로 인해 눈이 보이지 않게 된 영국병사 10여 명이 위생병에게 인도되어 널빤지를 늘어놓은 길을 일렬로 나아가고 있다. 다들 넘어지지 않도록 앞서 걷는 사람의 어깨나 배낭을 붙잡고 불안정하게 걸어간다. 턱이 있는 부분에서는 크게 다리를 올리는 사람도 있다. 끝에서 4번째 병사는 감상자에게 등을 보이며 구토 중이다. 바로 뒤익 병사가 7의 몸통에 팔을 둘러 받쳐준다.

이러한 예는 그들뿐만 아니라 화면 오른쪽 후방에도 보인다(거기에도 구토하는 사람이 있다). 독가스를 처음 사용한 것은 독일이었지만 상대 진영도 곧장 반격하였고, 일개 병졸이었던 히틀러가 일시적으로 실명 상태에 빠진 일은 잘 알려져 있다. 만약 그대로 회복하지 못했다면 과연 제2차 세계대전은 일어났을까?

겨자 가스는 눈에 손상을 줄 뿐만 아니라 피부나 내장에도 화상 입은 것처럼 물집을 일으키고 나중에 암으로 발전하는 등 장기간에 걸쳐 영향을 미치며 '화학 병기의 왕'이라고 불릴 정도로 많은 이들의 생명을 앗아갔다. 대열을 갖추어 스스로 걸을 수 있는 사람은 오히려 경상이다.

중증 화상으로 피를 흘리는 사람, 죽을 지경에 이른 사람 등은 지면에 쓰러져 일어설 수조차 없었다. 한편 원경에는 축구를 즐기는 병사들도 그려 넣어 전쟁 중에도 일상적 삶을 갈구하는 인간의 씩씩함을 확인할 수 있다. 이쯤에서 독일 작가 레마르크의 『서부 전선 이상 없다』를 떠올리지 않을 수 없다. 격렬한 참호전 공방 속에서 문득 쌍방의 공격이 끊어지는 순간이 찾아왔다. 그때 전장에는 전혀 어울리지 않는 한 마리 나비가 춤추듯 날고, 젊은 주인공은 생각 없이 참호에서 몸을 쑥 내밀고 나비에게 손을 뻗는다. 동시에 유탄이 그의 목숨을 앗아간다.

# 개전 후,
# 덧그려진 핏자국의 의미

제1차 세계대전에 붙은 또 다른 명칭이 있다. '사촌들의 전쟁'이다.

사촌이란 문자 그대로의 의미로, 유럽의 각 왕가가 몇 세기에 걸쳐 혼인에 혼인을 거듭하여 그물처럼 얽히고설킨 친척 관계를 형성하고 있었음을 가리킨다. 본래는 평화 외교의 일환으로 혈연 관계를 맺음으로써 전쟁을 회피하려는 목적이었는데, 갈수록 왕족의 수가 줄어들면서 혈족 간 결혼으로 인한 유전병의 폐해도 점차 짙어졌다. 빅토리아 여왕의 혈우병 인자가 로마노프 가문의 황태자에게 그림자를 드리우면서 결국 러시아 궁정에 라스푸틴을 끌어들이는 계기가 되었음은 익히 알려진 사실이다.

또한 니콜라이 2세와 조지 5세는 쌍둥이나 다름없을 만큼 똑 닮아서 서로의 시종들조차 헷갈릴 정도였다(졸저『명화로 읽는 러시아 로마노프 역사』, 한경arte, 2023).

모든 왕가가 혈연 관계로 연결되면 오히려 이해관계 대립 시에 제동이 걸리지 않게 된다. 결국 혈연보다 국익이므로, 그들은 싸우는 길을 —이길 것이라고 믿으면서— 선택했다. 결과는 오스트리아 합스부르크 왕조, 러시아 로마노프 왕조, 독일 호엔촐레른 왕조의 와해였다.

물론 국민들은 거대한 희생을 치렀다. 추산에 의하면(많은 설이 있지만) 전장에서 죽은 병사 800만 명, 병사한 병사 200만 명, 포로 내지는 행방불명된 병사 780만 명, 일반 시민 사망자 660만 명으로 무시무시한 숫자다. 부상자는 이보다 몇 배로 많아진다. 또한 살아남기는 했지만 정신적인 손해를 입은 사람도 많았다. 그 일례를 살펴보자.

영국 작가 찰스 심스(Charles Sims, 1873~1928)의 〈클리오와 아이들〉이다. 마치 〈사운드 오브 뮤직〉의 한 장면처럼 한가롭고 아름다운 전원 풍경이 펼쳐진 가운데 3~4세에서 14~15세 정도까지의 아이들이 제각기 다른 자세로 클리오(그리스 신화에서 '역사'를 관장하는 여신. 클레이오라고도 한다)가 낭독하는 역사 이야기에 열심히 귀를 기울이고 있다.

본 작품은 다음 세대를 담당할 아이들에 대한 기대를 담아 1913년에 완성된 것이다. 그러나 이듬해, 제1차 세계대전이 시작되자 당시 10대였던 심스의 자식도 바로 전쟁터에 끌려 갔고 종국에는 시체로 귀환하였다. 심스는 다시 이 그림을 마주하면서 클리오가 무릎에 펼친 역사 두루마리에 붉은 핏자국을 덧그렸다. 우리의 역사가 피로 얼룩졌다고 호소하지 않을 수 없었던 것이다.

심스의 비극은 계속되었다. 1918년 45세의 그는 종군 화가로 임명받아 전쟁터로 가게 되었다. 전쟁이 끝나는 해였으므로 종군 화가로 활동한 시기는 짧았지만, 섬세한 신경의 소유자인 심스에게 전장의 현실은 견디기 어려웠을 것이다.

찰스 심스(Charles Sims, 1873-1928),
〈클리오와 아이들〉, 1913~1915년, 캔버스에 유채, 114.3×182.9cm, 왕립 미술 아카데미

귀환 후 그는 천천히 무너져 갔다. 환청과 환시에 시달렸고 이전까지의 부드러운 화풍은 온데간데없이 괴짜 같고 칙칙한 색깔을 주로 쓰게 되었다. 모두가 그의 이변을 확실히 알아차릴 정도가 되자 주문자의 대부분이 떠나갔다. 종군으로부터 10년 후 심스는 강에 몸을 투신했다. 그러나 심스 같은 사망자는 결코 전쟁의 공식적인 희생자조차 될 수 없었다.

# 스페인 독감의 위협

싸움이든 사랑이든 시작하기는 쉽지만 끝내기는 어려운 법이다. 실로 세계적 규모의 전쟁이라는 각국의 기대가 서로 복잡하게 얽히면, 그만큼 종전으로 가는 여정은 한층 험난해진다. 제1차 세계대전도 그러했다. 반전(反戰) 분위기의 확산과 러시아 혁명 발발에도 불구하고 종전의 기미는 좀처럼 보이지 않았다. 특히 독일은 1918년 봄 파리 총공격을 목전에 두고 있었고, 승리도 확실시되었기 때문에 군사 진격을 멈출 생각이 전혀 없었다.

이를 가로막은 것은 인플루엔자였다. 통칭 '스페인 독감', 정식 명칭 '스페인 인플루엔자'는 사실 발생지가 스페인이라서 붙은 이름이 아니었다.

당시 참전국들은 위험한 역병의 낌새를 느꼈음에도 비밀리에 부쳤지만, 스페인은 중립국이고 보도 규제가 없어서 상세한 내용을 발표하였다. 이리하여 병명에 '스페인'이 들어가게 된 것이다. 발생지는 아마도 미국이나 중국이었을 것으로 추정되나 지금까지도 특정하지 못하고 있다.

일본 국립감염증연구소의 데이터에 의하면 스페인 독감의 위력은 어마어마했다. 감염자는 세계 인구의 25~30% 내지 3분의 1에 해당하는 약 5억 명이었고, 사망자는 4,000만~5,000만 명에 이르렀다. 일제강점기 한국에서는 무오년 독감으로 불렸고, 1918년 조선총독부 통계에 의하면 740만여 명이 감염되고 14만여 명이 사망했다.✦ 일본만 하더라도 감염자 2,300만 명, 사망자 38만 명이었다.

---

✦   한국 관련 내용은 원 저작사의 동의를 얻어 편집자가 작성한 내용이다. 참고 자료는 책 뒤쪽 참조.

전쟁으로 인한 사망자 수의 4~5배였기 때문에, 아무리 독일이라도 종전을 받아들이지 않을 수 없었다. 한 재앙을 다른 재앙으로 멈춘 형국이었다. 스페인 독감으로 죽은 유명 인사들로는 아폴리네르, 막스 베버, 시마무라 호게츠, 에드몽 로스탕, 트럼프 전(前) 미국 대통령의 조부이자 사업가였던 프레데릭 등이 있었다.

한때 클림트의 제자였던 오스트리아인 화가 에곤 실레(Egon Schiele, 1890-1918)와 그의 처자식들도 이 역병으로 목숨을 잃었다. 〈가족〉은 그의 마지막 작품이었다.

에곤 실레(Egon Schiele, 1890-1918),
〈가족〉, 1918년, 150×160.8cm, 캔버스에 유채, 벨베데레 궁전

본 작품은 맨 처음 〈웅크린 커플〉이라는 제목으로 자신과 아내를 그린 것이었는데, 그 후 아내의 임신을 알게 되자 배 속에 있는 첫 아이를 이미 태어난 모습으로 그려 넣었다.

그러나 1918년 10월 아내는 6개월가량 된 뱃속의 태아와 함께 스페인 독감에 걸려 쓰러졌고 그로부터 고작 3일 후 실레도 감염되어 28세의 젊은 나이로 죽게 되었다.

사실은 아내가 아니라 다른 여성을 그린 것이라는 설도 있다. 그러나 실레 일가를 덮친 돌풍 같은 비극, 그리고 마치 무언가를 예감한 듯이 그려 넣은 사랑스러운 갓난아기를 보면 가족에 대한 실레의 마음이 강하게 전해지기에, 이 여성이 아내가 아닐 것이라고는 생각하기 어렵다.

정말 실레는 예술가의 예리한 오감으로 배 속의 아이가 절대 태어나지 못하리라 느낀 것일까? 아니면 스페인 독감의 무서움을 익히 알고 있었기에, 만일의 경우에 대비하여 행복한 가족의 모습을 남겨두고 싶었던 것일까? 행복한 가족의 그림은 남았지만 진짜 가족은 순식간에 모두 죽어버렸다. 스페인 독감을 이야기할 때, 이 그림을 가장 먼저 떠올리는 사람도 있지 않을까?

재앙은 바다 위 파도처럼 반복적으로 일어나고, 화가는 이를 다양한 형태로 캔버스에 남겨 왔다. 제2차 세계대전에 대해서는 피카소의 〈게르니카〉가 금자탑임에 틀림없다. 그렇다면 이번 코로나 팬데믹을 현대의 화가들은 과연 어떻게 그려 남기게 될까?

희망은 날개 달린 것, 영혼에 내려앉아
가사 없는 노래 부르네. 그치지 않는 그 노래.

Hope is the thing with feathers That perches in the soul,

And sings the tune Without the words,

and never stops at all.

에밀리 디킨스(Emily Dickinson, 1830–1886)

# 참고자료

## 기사 및 게시물

- 베어필드, 「21세기 지금, 게임 속 '용병'은 현실에 존재할까?」,
  『알아도 쓸모는 없는 게임잡학이야기』, 2020, 네이버 포스트
- 남종영, 「동물 성학대, 세계적으로 법적 규제 늘어나는 추세」, 2018, 한겨레
- 이형주, 「외면받는 또 다른 동물 범죄, '성적 학대'… 이제는 제동 걸어야」, 2023,
  동그람이 네이버 포스트

## 논문 및 도서

- 김신회, 「1821년 콜레라 창궐과 조선 정부 및 민간의 대응 양상」, 『한국사론』 60, 2014.
- 신동원, 「조선말의 콜레라 유행, 1821-1910」, 『한국과학사학회지』 11-1, 1989.
- 신동원, 「1821년 콜레라 유행과 역사적 변곡점」, 『지식의 지평』 30, 2021.
- 신동원, 『호열자, 조선을 습격하다』, 역사비평사, 2004.
- 신병주, 『우리 역사 속 전염병』, 매일경제신문사, 2022.

그림으로 보는 재앙의 역사

# 저주받은 미술관

**1판 1쇄 발행** 2024년 4월 5일

저　　자 | 나카노 교코
역　　자 | 이희재
발 행 인 | 김길수
발 행 처 | (주)영진닷컴
주　　소 | (우)08507 서울특별시 금천구 가산디지털 1로 128
　　　　　 STX-V 타워 4층 401호
등　　록 | 2007. 4. 27. 제 16-4189호

©2024. (주)영진닷컴

**ISBN** | 978-89-314-7441-1

YoungJin.com **Y.**
영진닷컴